特攻と日本軍兵士

大学生から「特殊兵器」搭乗員になった兄弟の証言と伝言

広岩近広
岩井忠正・忠熊

毎日新聞出版

特攻と日本軍兵士

大学生から「特殊兵器」搭乗員になった兄弟の証言と伝言

はじめに

アジア・太平洋戦争に敗れて日本の戦後は始まったが、終戦の日から実に七十五年の歳月が流れた。令和を迎えて昭和は遠くなり、戦争を体験した世代は数少なくなった。たとえば一九四五年(昭和二十年)の敗戦の夏に十五歳だったとしても、九十歳である。戦場体験者となれば、九十五歳をこえているだろう。

そうしたなかにあって、一九二二年(大正十一年)生まれの立命館大学名誉教授で歴史学者の岩井忠熊さんは、「学徒出陣」(一九四三年)により京都大学から徴集された。海軍では「特攻隊」(特別攻撃隊)に所属し、死を背負わされた訓練を受けている。ベニヤ板のボートによる「震洋特攻隊」から生還したのち、京都大学に復学して日本近代史の歴史学者となった。岩井忠熊さんはこう振り返る。

「日本はなぜあのような大戦争に向かっていったのか、そのことを日本近代の思想史、政治史を勉強することで解明したいと思ったのです」

また二歳上の実兄、岩井忠正さんも学徒出陣で、慶應大学から海軍特攻隊に入った。しかも人間魚雷の「回天特攻隊」と潜水服に身を包んで海中から爆弾攻撃する人間機雷の「伏龍特攻隊」の二つの特攻部隊に所属している。死の淵から生還した岩井忠正さんは、厳しい表情で明言する。

「この戦争は負けると確信していたが、声に出して反対できなかった。沈黙はそのつもりでなくとも中立ではなく、大勢への協力に帰するのです。その意味では、私にも戦争責任がある」

特攻隊に所属した岩井さん兄弟の結論は同じだった。

「戦争へ向かう潮流が生まれたら、もう誰も止めるのは困難です。だから、そんな潮流を絶対につくってはなりません」

岩井さん兄弟は、「学徒出陣」と「特攻隊」の世代である。大学生でありながら、海軍特攻隊員にならざるをえなかった。お二人は「昭和の十五年戦争」のなかで育った貴重な体験者であり、また証言者だろう。加えて、岩井忠熊さんは近代史の研究者として知られる。

私は、お二人の息子さんの年齢に相当するが、中学生や高校生からみれば、私は戦争を知らない祖父の世代になる。そこで孫にかわって、特攻隊から生還した岩井忠正さんと忠熊さんに、素朴な疑問に答えていただいた。歴史学者の岩井忠熊さんには、特攻の背景をなす政治・社会・国際情勢などの解説もお願いした。

いわば本書は、大学生にして特攻隊員だった「歴史の証言者」からの聞き書きであり、新世代の若者たちへの伝言の書である。

折しも戦後七十五年の世界は、新型コロナウイルスの感染症に見舞われた。感染症の拡大による「人類の危機」は、個々の「命の危機」である。新型コロナウイルスは「命」と真摯《しんし》に向かい合っているか――と為政者はもとより、私たち一人ひとりに問うている。人間の命を軽く扱った「特攻」を考える意味は、以前にもまして深まったのではないだろうか。

広岩近広

目次

主な引用文献

文献などの引用に際しては、原文に従っていますが、必要に応じて現代表記にあらため、句読点やルビを付しました。蔑称的な表現も登場しますが、当時の状況を伝える歴史的な記録として、そのまま用いています。

第一章　徴兵猶予の停止と学徒出陣

戦局悪化とともに

――私（広岩）が「当事者」になったと仮定して、もっとも衝撃を受けるのは「自爆死」のイメージと直結する「特攻」（特別攻撃）です。しかし、いきなり「特攻」では想像力が及びませんので、まずは「学徒出陣」を取りあげたいと思います。

大学生の身分でありながら在学中に軍隊に召し上げられるだけでも、軍隊のない時代の日本に育った現在の学生には想像を絶するはずです。しかし、戦争をしていた当時の日本は戦局が厳しくなると大学生を徴集して、「学徒出陣」（一九四三年）の名のもとに多くの若者を「必死」の特攻にまで追いこみました。現在では耳慣れない「学徒出陣」について、歴史学者の岩井忠熊さんに解説をお願いできますか。

岩井忠熊さん　当時は、大学の在学者を「学生」と称し、予科・高等学校・専門学校の在学者を「生徒」と呼んでいました。帝国大七校、官（国）公立大十四校、私大二十六校が当時の大学で、女子大は専門学校の扱いです。予科は戦前の旧制大学に進む前の段階で、旧制高等学校に相当する課程でした。

学生と生徒を総称して「学徒」と呼んだのですが、今は使われていません。「出陣」にしても、総選挙の際に「出陣式」の言い回しをする候補者がわずかに見られるくらいで、もはや死語になってきました。

大日本帝国憲法（明治憲法）のもとでは、天皇が陸海軍を統帥する建前になっており、国民には兵役の義務がありました。徴兵令（一八七三年、明治六年）により、一般男子は満二十歳で徴兵検査を受け、合格者は三年間の兵役に服すように義務づけられたのです。しかし、国民皆兵の制度ながら特例がありました。学生や生徒は兵役法（一九二七年四月に公布）の第四一条によって、徴兵が延期されていたのです。

〈兵役法　第四一条　中学校または中学校の学科程度と同じ以上と認められる学校に在学する者に対しては、本人の願いによって、学校の修業年限に応じて、年齢二十七年になるまで徴集を延期する〉

大学生が少ない時代でしたので、大切な人材とみなされて、徴集延期の特典があったのでしょう。しかし、「在学徴集延期」（徴兵猶予）制度も兵役法が一九三九年三月に一部改訂され、徴兵猶予年齢の上限が二十七歳から二十六歳に引き下げられました。さらに日米英開戦（一九四一年十二月）直前の十月には二十五歳になっています。

ちなみに一般男子の徴兵年齢も一九四三年十二月に、二十歳から十九歳に引き下げられました。さらに翌年の十一月から、十七歳以上を兵役に編入しています。また植民地であった朝鮮と台湾に、徴兵制を導入したのが一九四三年でした。

当時の大学は三年制でしたが、修学年限による徴兵猶予の特典についても、しだいに短縮されます。一九四一年に大学生は三カ月の繰り上げ卒業を通達され、翌年三月に卒業するところを十二月の卒業になりました。入隊時期を早めるための措置にほかなりません。一九四二年度にはさらに六カ月の繰り上げ卒業になります。前年の九月に卒業式が行われ、そして十月の入隊となりました。

一九四一年十二月に始まった太平洋戦争は、二年後の一九四三年が分岐点といわれます。この年には、ガダルカナル島からの日本軍撤退、山本五十六連合艦隊司令長官の戦死、アッツ島守備隊の全滅と続きました。欧州に目を向けると、同盟国ドイツは二月にスターリングラードで大敗し、イタリアは九月に無条件降伏しています。日本の戦局悪化が、国民の目にも明らかになってきました。一九四三年はそのような年です。

陸海軍の戦死者数がおびただしくなると、兵力の補充はもとより、戦局の挽回をはかるためにも、さらなる徴集が求められました。そこで一九四三年十月に文科系学生の徴兵猶予を、勅令（議会の承認を経ず、天皇の大権より発せられる法令）により停止するという非常措置がとられ、学業のなかばにして大学生も入隊させられることになったのです。

——日本政府と軍部は、自らが仕掛けた戦争に苦しめられるようになると、ついには大学生や高校生を戦場に駆り出すようになったのですね。その分岐点が一九四三年とのことですが、学徒出陣に至るまでの背景について、簡単に整理していただけますか。

忠熊さん　「昭和の十五年戦争」は満州事変に始まります。関東軍独立守備隊の将兵が柳条湖《りゅうじょうこ》（中国・奉天北部）付近の満鉄（南満州鉄道）本線を自ら小爆破して、中国東北軍（張学良軍）の仕業と偽ったうえで攻撃に出たのが柳条湖事件（一九三一年九月）の真相です。この事件を引き金に満州事変は勃発しました。元首であり大元帥である天皇による宣戦布告をしないで軍隊を出動させたことから、あえて「事変」と呼んでいるにすぎません。実態は戦争そのものでした。

このとき日本は韓国を併合していたうえに、日露戦争の勝利で得た中国・遼東半島を関東州と称して租借名目で事実上領有していました。台湾を合わせると、日本の植民地は国土面積の七十七パーセントにも達しています。

関東州の関東軍は、朝鮮の植民地支配を安定させ、またソ連の侵攻にそなえる企図から、傀《かい》儡《らい》の「満州国」を満州事変に乗じてつくりあげました。さらに盧溝橋事件（一九三七年七月）による日中両軍の衝突は、この際に中国に「一撃」を加えておこうという魂胆から日中戦争に発展します。ところが「一撃」で中国が屈すると思っていた日本側の認識は甘く、全面戦争になるや苦戦を強いられて泥沼に陥りました。

一九三九年九月に第二次世界大戦が始まり、翌春にドイツ軍が西ヨーロッパに進攻するや、世界はその勢いに圧倒されます。デンマークやオランダなど主要国が次々に占領され、フランスも降伏しました。ドイツ軍の「電撃作戦」が報じられると、国内では「バスに乗り遅れるな」が合言葉のように飛び交いました。

日中戦争で国力と資源を消耗していた日本は、資源豊富な南方への進出に活路を見出そうとします。ドイツ軍がパリを占領する新情勢になったのだから、日本がフランス領インドシナ（現在のベトナム・ラオス・カンボジア）に手を出しても、フランスは対抗できないだろう、と「火事場泥棒」を考えたのです。イギリスも対独戦に追われており、この際、マレー半島に進出して鉄鋼などの重要資源を確保しようともくろみ、産油地のオランダ領東インド（現在のインドネシア）にも狙いを定めました。

日本はドイツの勢いを買って、一九四〇年九月にドイツとイタリアの間で三国同盟を結んでいます。さらに翌年の四月に日ソ中立条約を締結してから、日独伊ソの提携を背景にして「南進」の決行を図ります。ところが二カ月後の六月に独ソ戦が勃発しました。そこで政府と軍部は「情勢の推移に伴う帝国国策要綱」をまとめます。

ひらたくいえば、ドイツ軍がソ連軍に勝ちそうなら日本もソ連に対して開戦する——というドイツ任せの方針でした。中国との全面戦争が解決していないのに、南北の二方面に新たな戦争を準備するという、外交・軍事的にも実に非常識な国策です。あえて「南北併進」の愚策に出たのは、国際的に孤立した立場を独伊との三国同盟で打開し、加えて重要な軍事資源である石油を、オランダ領東インドの油田占領によって賄おうとしたからです。

対してアメリカは、日本軍が仏領インドシナに侵攻するや、在米の日本人資産を凍結し、一九四一年八月に対日石油の全面的禁輸に踏み切ります。こうしてアメリカ（A）イギリス（B）中国（C）オランダ（D）の「ABCD包囲網」による経済封鎖が実施されました。追いつめられた日本は一九四一年十二月、無謀にも米英へ宣戦布告して新たな戦端を開いたのです。やけっぱちの戦争に突入したといえるでしょう。

国家総動員法に始まる戦時体制

忠熊さん　政府と軍部はアジア・太平洋戦争の渦中にあって、国民を戦争に「総動員」させる体制を次々と打ち出します。その一つが「学徒出陣」で、大学生らの徴兵延期を停止して学窓から戦場へ投入しました。

学徒の徴兵猶予年齢を引き下げる措置と修業年限の短縮にあたっては、議会にはかることなく勅令のみで決定しました。一九三九年に改訂された兵役法第四一条の四項に、〈戦時または事変に際し、特に必要ある場合においては、勅令の定めるところにより徴集を延期せざることを得る〉と付記されたからです。つまり勅令のみで、徴集の延期を停止できるという文言が加えられたのです。

こうしたことがまかり通ったのも、一九三八年四月に「国家総動員法」が成立しているからにほかなりません。国家総力戦の考えにもとづいて、第一条に〈国防目的達成の為、国の全力を最も有効に発揮せしむる様、人的及び物的資源を統制運用する〉と明記しています。

〈「国家総動員法」をひと口に説明すると「戦争になれば、政府はなんでも勝手放題にやれる」というどえらい法律である。憲法によって保障され、原則として法律でなければ制限出来ない臣民の権利、自由、財産も勅令一本でやすやすと制限出来る高度の委任立法の仕組になっている上に、法律が吸収する範囲も、戦争に直接必要な兵器、艦艇、弾薬などの軍用物資ばかりでなく、食料、飲料、被服をはじめ一般民需品から教育、訓練、情報、啓発、宣伝などの心的業務まで、政府で必要とあれば一切総動員することが出来る広汎無碍《むげ》の戦時立法である〉

(毎日新聞社『昭和史全記録』)

まず「国家総動員法」という法律がつくられ、この法律をもとに国民を総動員させる戦時体制ができあがっていくのです。盧溝橋事件をきっかけに日中戦争を始めると、治安維持法（一九二五年に制定）を振りかざして言論活動も封じこめました。政府や軍部への反対意見を許さなかったのです。

治安維持法の第一条に〈国体を変革し又は私有財産制度を否認することを目的として結社を組織し又は情を知りて、これに加入したる者は十年以下の懲役又は禁固に処す〉との一文があります。「国体」とは国家形態のことで、一八九〇年に発布された教育勅語は最初に〈わが国が皇祖皇宗（天皇の先祖）によってはじめられ、教育の淵源はこの国体の精華にある〉と強調しています。

治安維持法はその後に改訂（一九二八年六月）され、国体の変革（天皇制の廃止を意味する）を企てた者には死刑を科すことができるようになりました。結社の「目的遂行の為にする行為」にまで適用範囲を拡大し、その後は反ファシズムや宗教までが弾圧の対象にされます。さらには反戦・反軍・反ファシズム、そして同盟国のドイツやイタリアの独裁政治批判にまで適用された例があります。

かように言論統制は、「国民精神総動員」のスローガンのもとに徹底させられました。国民の一部には懐疑的な見方を残しながらも、大半は戦時体制の「国民精神総動員」の側に身を寄せていったのです。

〈一九三九年二月九日　閣議で国民精神総動員強化方策を決定。銃後後援・生産力拡充・貯蓄奨励・金属回収・物資物価調整のため隣組制度強化。三月二十八日　国民精神総動員委員会設置。食料報国運動、ぜいたくを全廃運動、直接戦勝協力運動（兵器献納・貯蓄・国債消化）、精神運動（新経済道徳確立、興亜奉公日徹底等）をめざす〉

（毎日新聞社『昭和史全記録』）

それまで学生や生徒の自主組織の傾向を、いくらか残していた大学や学校の「校友会」的な組織も一九四一年になると、総長や校長が会長を務める「報国団」という全国一律の組織に改組されました。続いて一九四三年六月に「学徒戦時動員体制確立要綱」が閣議決定されます。戦時にあたり学徒を動員するという趣旨でした。

〈この決定は学徒の戦時動員体制を確立して、「有事即応ノ態勢」に置くこと、および「勤労動員ヲ強化」することがねらいであった。「有事即応ノ態勢」とは、軍事能力の増強と「直接国土防衛」への期待をこめて、学校報国隊の待機的姿勢を強化し、戦技訓練・特技訓練・防空訓練の徹底を図ること、女子については戦時救護の訓練を実施することであった〉

（文部科学省のホームページ）

追いつめられて「国内態勢強化方策」

忠熊さん　東條英機内閣は一九四三年九月に「国内態勢強化方策」を閣議決定しました。「現情勢下に於ける国政運営要綱」には〈内外の現時局に鑑み、悠久なる国体観念に徹し、愈々《いよいよ》必勝の信念を堅うし、各種の施策を完勝の一点に集中し、以て、聖戦目的を完遂せんとす〉と明記されています。

具体的な目標として、一九四三年度の陸海軍航空機の生産を一万七千～八千機程度、翌一九四四年度には航空機を四万機に増産するとし、この航空機づくりに必要なアルミニウムや鋼鉄などの生産や原料の確保が計画されました。食料の生産や確保、所要船舶の生産も計画にあがっています。当然のこととして、搭乗員（パイロット）の大量養成は必須の課題でした。

必要な労働力として〈徴用と学徒勤労動員の強化〉が打ち出され、〈一般の徴集猶予を停止〉となったのです。ただし例外として、〈学問の保持向上、特に戦争遂行に当面、必要なる理工科等の部門における教育の維持に関しては、その万全を図る〉との理由から、理工科・医科系の学生、農科の四学科、国立教員養成系の学生は入営の延期が認められました。当時の用語でいえば「学徒動員」とは学生・生徒の軍需工場などへの勤労動員を意味し、「学徒出陣」は学生・生徒の陸海軍への入隊を意味しました。

ともあれ、追いつめられたあげくに打ち出したのが「国内態勢強化方策」です。この強化方策を受けて一九四三年十月、「在学徴集延期臨時特例」により大学高専生への徴集延期制度が停止されました。満二十歳（一九四三年十二月から満十九歳に引き下げ）に達している文科系の男子学生は、徴兵検査を受けることを義務づけられたのです。

岩井忠正さん　このとき戦地では、おびただしい数の兵士が死んでいるうえ、下級指揮官も戦死しています。それなのに、下級指揮官と同じ年頃の大学生は、「娑婆《しゃば》」や「地方」（軍隊を特別視するうえで一般社会を、海軍は「娑婆」、陸軍は「地方」と呼んだ）でピンピンしている。彼らは中学時代から軍事教練を受けているので、軍事知識や技能もあるはずで、いまや大学生になったこの連中なら、下級指揮官の代役がつとまるはずだと目をつけられたのでしょう。早い話、短期間の訓練によって、下級指揮官や航空機の搭乗員に仕立て上げることができそうだというわけで、私たちは軍隊に召し上げられたのです。

――東條英機首相はラジオ放送を通じて、文科系の学生・生徒の徴兵猶予の停止を告げました。『毎日新聞』（一九四三年九月二十三日付）**は〈尽忠の至誠発揚　東条首相、烈烈の大放送　学徒挺身の秋《とき》到来〉の見出しを掲げて、演説を紹介しています。**

〈かねてより殉国の至情抑へ難き青年学徒の念願に応へ、政府はこの際、これ等学生をして直接戦争遂行に参与せしむることに方針を決定したのである。いまや重大戦局に直面し、将来国民の中枢となり、国民の指導者なるべき青年学徒が、他の同僚に伍して、身を挺して敢然、祖国の難に赴くの秋は到来したのである。（中略）学徒諸君、征《ゆ》くものもまた残るものもよく国家の要求に徹し、それぞれ分野において、戦争完遂に渾身の力をいたし、もって決戦下、帝国青年の意気とその実力とを遺憾なく示して戴きたいのである〉

忠熊さん　東條首相のラジオ放送は、神戸の長姉の家で聞きました。前年の七月に明治神宮外苑の運動場でインターハイの開会式が行われたとき、私は東條首相の声を耳にしています。そのときに比べて威勢はなく、ラジオ放送の声は悲壮感がにじみ出ていて、強がっているにすぎないとの印象を受けました。

東條首相の声の調子に威勢がなかったのは、当然というか、無理もないのです。すでに述べましたが、一九四三年のこのとき日本軍はガダルカナル島から撤退し、ニューギニア島東部のポートモレスビー攻撃も頓挫し、ラバウルやニューブリテン島はすでに米軍の制空権下に入り、さらにマーシャル諸島にまで米軍の手がのびてきていました。

そこで本土に加えて内南洋（サイパン島とトラック島を含む）とニューギニア西部とフィリピンを結ぶ線の内側の領域を「絶対国防圏」として死守する、このためにはあらゆる方策をつくすという方針が決まったのです。つまるところ「絶対国防圏」を守り抜くには、陸海軍の兵力を画期的に充実させる必要があり、その計画の一環が学徒の徴兵猶予停止だったのです。

それならば守り抜く「絶対防衛圏」の外側にあたる南方の占領地域はどうするのか、ということになります。端的に言えば、見捨てることに決めたのです。もちろん補給をしないので、南方の孤島に置かれた兵士は餓死《がし》を運命とするだけでした。日本軍兵士の「戦死」に「餓死」が多いのは、そうした実態によるのです。

――絶望的な戦争を、それでも続ける国の正体を見せつけたのが「国家総動員法」であり、その一環として「学徒出陣」をとらえたいと思います。「学徒出陣」で召集された人数は、わかっているのでしょうか。

忠熊さん　正確なところはわかりません。一般に「学徒出陣」の総数は十万とか十三万と推定され、年代的な特徴は一九二〇年から一九二三年に生まれた青年に集中しています。兄の忠正と私の世代にあたり、大正九年から大正十二年に生まれた男子です。また、当時の日本の社会や教育を経験してきたという共通性もあるでしょう。この年代は学徒兵にかぎらず、戦没者がもっとも高い比重を占めました。

徴兵猶予の停止措置により、主として文科系に在学する者が入隊することになりました。陸軍は一九四三年十二月一日に、海軍は十二月九日と十日がその日です。このときから「学徒出陣」という言葉が広く使われはじめたといえるでしょう。

当時の日本で大学や高専に進学したのは、同年齢のなかでも約六〜七パーセントと推定されています。このため徴兵猶予の特典にあずからない同世代の大多数の勤労青年が、すでに陸軍や海軍に入隊していました。盧溝橋事件を境に徴集の範囲は拡大され、太平洋戦争が始まると健康な青年のほとんどが徴集されるようになります。「学徒出陣」とあわせて、このことも忘れてはならないでしょう。

「所与の現実」の中で

――十万人以上の学徒兵たちには、戦死した下級指揮官の代用を要請され、そのために徴兵猶予の停止が行われたとのことです。お二人には改めて、当時の心境を思い起こしていただけますか。

忠正さん　私は徴兵猶予が停止されたとき、慶應大学文学部哲学科の二年になったばかりでした。太平洋戦争が始まる直前の一九四一年十月に入学したのですが、大学にいられる修学年限が三年から二年半に短縮された時期にあたり、入学は四月ではなく前年の十月に繰り上げられていました。

そこへもってきて徴兵猶予の停止だから、これは修学年限を短くするという類ではなく、学業そのものの停止ですよ。では、うろたえたかというと、実はそうでもなくて、とうとう来るべきものが来たか……といった心境でした。われわれ多くの学生は、かなり冷静に徴兵猶予の停止を受け止めていたのではないでしょうか。

その頃、学生たちの間では数こそ少なかったけれど、猶予年齢を超えた者もいて、彼らは学業の半ばにして召集されていました。また時局に刺激されて、自ら学業を放棄して志願入営する者もいたほどです。

それだけではありません。私たちと同世代であっても、大学や高等学校や専門学校に行けなかった青年の多くは、すでに戦場にあって、その多くが戦死ないしは負傷していました。そうした青年にくらべて、学生をやっていた私たちの家庭は裕福であり、恵まれていたのです。私たち学生は、命を失う危険から免れながら、手に入るかぎりで好きな本を読んだり、映画を観たりして学生生活を享受していた。

そのことを非難されたわけではありませんが、内心ではなんとなく後ろめたさがありました。申し訳ないという気持ちもあった。だから、学徒に認められていた徴兵猶予が停止になったときは、正直なところ、少しばかりほっとした気持ちをいだいたのです。だからといって、軍隊に入るのを喜んだわけではなく、むしろ嫌なことでした。嫌なことだが、仕方がない、という心境だったのです。

忠熊さん　徴兵猶予の停止が決まったとき、なんの衝撃も受けなかったといえば嘘になるでしょうが、いずれこの日が来るだろうと予想していたのも事実です。だから、来るべきものが来た、と受け止めた者が多かったのではないでしょうか。また、徴兵猶予の特典により学生生活を送っていたので、すでに兵役に服している同年代の青年に対して、兄と同じように少しばかり後ろめたい気分もありました。

一九四一年十月に修業年限を短縮する臨時措置が行われていたので、私の場合、一九四三年九月末に高校（旧制姫路高校）を卒業して、京都大学に入りました。同時に徴兵猶予が停止されたので、大学生活は十月と十一月のわずか二カ月間にすぎません。

十二月に入営することになったのですが、当時の新聞が書き立てたように「勇躍、大義におもむく」といった勇ましい学生は少なかったはずです。国家の要請だから、やむなく学業を中断して、軍務につくといった消極的な気持ちだったのではないでしょうか。大部分の者は軍隊よりも、学生生活により多くの魅力を感じていたはずです。

――同時代の勤労青年の多くが、戦地に赴いている実情もあったのでしょうが、お二人とも「来るべきものが来た」と受け止められています。実は手元にある『学徒出陣の記録』（東大十

八史会編、中公新書）に、竹内道雄氏が寄せた「出陣」にも同様の記述が見られます。

〈昭和十八年九月二十三日、学生の徴兵猶予停止が発表された。このとき、来るべきものが来た、という心の動揺は禁じえなかったが、「驚くことなし」と日記に記した。一週間後に入学のための上京を控えてあわただしい準備が始まったが、出陣の物心両面の準備は、早い方がよく、入学の時にその大半は終っておきたい、というのが私の願いであった〉

――竹内氏は十月に東京大学に入学しますが、すでに十二月一日の入営は決まっていました。わずか二カ月の大学生活というのは、忠熊さんと同じです。また「来るべきものが来た」と受け止める覚悟を、ほとんどの学徒が共有していた事実に、私は驚きを隠せません。

どういうことなのだろうか、どうしてそのような気持ちになれたのか――と自問しても明確に自答できません。政府と軍部とメディアがつくりあげた「国民精神総動員」という重苦しい「空気」が、日本を包み込んでいたせいだろうかと推量してみるのですが、やはり模糊《もこ》としてわかりづらいです。

忠熊さん　私たち戦中派が育ったのは、政治や社会の動向が右傾化し、挙国一致体制、戦時体制ができあがっていく時期でした。小学校のときから、数知れない「慰問袋」をつくり、「武漢三鎮《さんちん》陥落祝賀会」（一九三八年十月、武昌、漢口、漢陽が日本軍によって陥落）といった旗行列や提灯《ちょうちん》行列に何度となく動員され、「皇軍将兵」の歓迎や歓送行事に参加させられました。こういう育ち方をした私たち戦中派に、時局を見る立場の違いなどが起こり得るはずがないのです。

日本の国家情勢とか戦争といったものは、いわば「所与の現実」であり、それに対していかに対処するかなどということは、私たちの意識にほとんどのぼりませんでした。時勢に押し流されて生きていたのです。そもそも自覚的な立場というものが初めからなかった、と言ったほうが真相に近いかもしれません。

若者らしい好奇心はもっていたと思いますが、同時に、いくら勉強しても勉強しなくても、結局は同じ運命、つまり戦争に行かねばならないことを知っていたのです。そのような運命に、今さら不審などいだかなかったということでしょうか。

配属将校による「軍事教練」も学科

――生まれたときから、そばに戦争があった、それが「所与の現実」――と受け止められたそうですが、お二人が旧制中学を卒業されるまで過ごされた中国の大連は、遼東半島の先端に位置する港湾都市です。当時の日本は、遼東半島の南西端を租借地の名目で領有し、関東州と名づけていました。

忠正さん　陸軍士官学校を経て職業軍人となったおやじの勘六は日清戦争（一八九四年七月～一八九五年四月）に続いて、日露戦争（一九〇四年二月～一九〇五年九月）に従軍してからロシア極東のシベリア出兵（一九一八年八月～一九二二年十月）にも参戦しました。シベリアからは一年で戻り、熊本の第六師団歩兵一一旅団長を最後に退官すると、一九二四年に大連に家族そろって移り住んだのです。祖父母らと大家族で大連に来たとき、私は四歳で、弟の忠熊が二歳でした。

忠熊さん　普通の軍人は退官すれば、郷里か首都圏や京阪神など子弟の教育に適した都市に住んでいます。父はシベリア出兵時に大連に駐屯したことがあり、この和洋折衷の港湾都市を気に入っていたのは事実でしょう。表面的には無骨者で、国粋主義一点張りの父でしたが、洋食を好み、パンと紅茶の朝食でした。そのようなわけで、大連にひかれていた一面もあるかもしれません。

日本が租借名目で遼東半島の占領を続けていたとき、大連はシベリア鉄道を経由するヨーロッパへの拠点として知られていました。欧州の文物が、日本の「支配圏内」に一番早く届いたのが大連です。当時の大連は、あか抜けしたヨーロッパ風の街並みでした。

忠正さん　ロシア戦に勝利して、中国の遼東半島を領有するなんておかしな話ですよね。おやじにしたら命がけで領有したのだから、日本人がおおぜい行かなければと考えて、おやじは自ら率先して大連に移ったんだろうと思います。大連には日本人の子どもが通う小学校から中学や専門学校もあり、私たちは日本人社会で育ったのです。

——日本の戦争を身近で感じた具体例をあげていただけますか。

忠熊さん　戦前の中等学校は内地であれ外地であれ軍国主義に染まっていて、たとえば下級生は上級生に対して軍隊式の敬礼をしなければなりません。毎日決まって、朝礼はラッパに始まり、歩調をとって教室に向かうのです。中学生が詰め襟か折り襟の制服というのは異様で、世界中で日本だけだったでしょう。その制服を真冬でも零下三度までなら脱ぎ捨て、上半身裸になって乾布摩擦と体操をさせられました。

「所与の現実」ということでいえば、当時の中等学校以上の特徴でしょうが、現役の配属将校がいました。一九二五年の軍縮によって余剰になった将校の「失業対策」として、教育科目に「軍事教練」を設けて、学校に将校を送りこんだのです。私や兄が在籍した大連二中では、たいがい歩兵少佐が来ていました。

忠正さん　「軍事教練」は学科の一つです。学校に銃器庫があり、三八式歩兵銃がずらりと並び、帯剣もそろっていました。「気をつけ」や「前へ進め」の掛け声に合わせ、決められた行動を皆がそろって行うのです。陸軍式の訓練でして、中学の四年か五年になると、三八式歩兵銃を持たされて野外演習にも出かけました。

忠熊さん　中学の三年から執銃訓練をやらされ、ごぼう剣（銃剣）や小銃や軽機関銃の操法くらいなら、知らない者はいませんでした。高校に入ると、野外演習、夜間演習、幕営、兵舎生活も経験させられています。

忠正さん　射撃など武器の使い方から、戦史も教えられました。そのような「軍事教練」が好きだという者もいましたが、私はバカバカしくて嫌でならなかった。中学生の頃から軍事教養をたたきこめば、良質の兵隊を得られると思ったのでしょうが、私の見方は、軍隊嫌いをつくる装置でもあったということです。

――配属将校について、奥村芳太郎氏は論考「帝国陸軍の学園侵略――『配属将校』覚え書き」（白井厚編『大学とアジア太平洋戦争』日本経済評論社に所収）**に、こう記しています。**

〈配属将校の制度が創設されたころは、学校教育にふさわしい将校を、留守番部隊の定員外として選別し派遣する余裕もあった。しかし、戦局が進展し人的資源にもこと欠く事態になると、選抜どころか、回り持ちが精一杯で、戦時要員として重要でない者を選別し、学校に服務させる人事さえ行われた。（中略）この配属将校が、やがて一般教育内容にも干渉し、軍国主義教育の展開に主動的役割を果たすのである。とくに狂信的な国家主義者で、陸軍当局からも忌避されている将校が、学校の教育綱領を批判し、とくにミッション・スクールを標的にしはじめる。学園内の「帝国陸軍」はこうして二十年の間、学校の兵営化の先頭にたち教育の現場は抵抗する力さえ失った〉

忠正さん　確かに軍事知識は学んだと思いますが、同時に反軍感情も育てられました。反抗期も手伝って、配属将校の高圧的な態度に、私は反発していました。それでも当初は日本軍が進撃を続けているというので、やはり「この戦争に、負けたくない」という気持ちは人並みに強かったですね。

忠熊さん　旧制高校の授業内容も、しだいに時局による「ゆがみ」のようなものが見えはじめます。姫路高校でも授業時間中に、軍部や政府に対する歯の浮くような称賛を並べる教師もいました。「法制・経済」という科目は「経世科」と称して時局に便乗する科目に再編され、なんと「皇国政治要義」という途方もないテキストが使われています。学生に人気のあった「明治大正短歌選」という国語のテキストは、文部省の横やりで使用されなくなりました。

私たちは兵隊のことを「ゾル」（ゾルダーテン、ドイツ語で兵士の意味）と呼びましたが、そこには軍隊に対する嫌悪の感情が含まれています。とは言え、軍隊の存在理由を疑ってみることなどありませんでした。

――ところで、お二人より半年遅れで、東大から学徒出陣で海軍航空隊に徴集された一人に歴史家の色川大吉氏（一九二五年生まれ）がいます。インタビューさせていただいた折に「日本の軍隊は人権を奪い取ってしまう」と話されたのが印象深く残りました。色川氏は、前掲の東大十八史会編『学徒出陣の記録』（中公新書）**に「汚辱の〝学徒出陣〟」と題した手記を寄せ、出陣前の心境を次のように率直に述べています。**

〈第一次学徒出陣で、親しい友人のほとんどを送りだしたあとの私はひどい暗鬱の日々であった。「なぜ、死の学問を早く急がないのか。もう時間がないのに。その現実が目前に迫っているというのに」。私の入隊は半年後にきまっていた。このころの日記には、おおやけへの献身の決意どころか、私的な生への惜別の叫びがみちている。〝女々しい〟ほど見苦しく、それはくどくどと書かれている。（中略）いま想い出しても昭和十九年の一月、二月は背すじが冷たくなる。そのころ、私は市川に下宿していたが、ある日、もうどうにも耐えられなくて、ほとんど泣き喚きながら江戸川の堤防を河口まで気違いのように駆けつづけたことがある。心臓がひとおもいに破裂することをねがって――。えたいの知れないあの重苦しさから逃れたいばっかりに、かえって破局が早く来ることをのぞみ、超国家主義の狂信に身も心も焼かれたい衝動にかられた〉

忠正さん　私たちの家族が住んでいた中国・大連の駅に全校生徒が集まって、戦地に向かう兵隊さんの送り迎えをするたびに、自分も将来は戦場に行くことになると思っていました。戦況が振るわなくなると、戦死者の遺骨が頻繁に戻ってきているのを見かけることが増えます。

召集されて軍隊に入れば、戦場に送られる、そこで戦争をするうちに、やがては死ぬであろう……。そんなことが、嬉しいわけがない。それでも、避けられない宿命だと、観念するしかなかったのです。このことは学徒に共通していたのではないでしょうか。

忠熊さん　国の運命がかかっているこの戦争に、血を分けた肉親や多くの友人が、危険をおかして従軍し、たくさんの戦死者や戦傷病者が出ていることは、疑いようのない事実だったのです。緊迫した戦局にあって、私たち自身が結局は、そのような国民共同体の運命的な一員であると受け止めていたのです。一種の諦観にちかい気持ちでした。

――「昭和の十五年戦争」の時代に巡り合わせた学徒にとって、軍隊への徴集は避けられない「宿命」だったのだと理解できました。人間が人間を殺す戦争に駆り出す「所与の現実」は、あまりに衝撃です。若者たちを死地に赴かせる時代を復活させてはならない、と思わずにはいられません。

第二章　日米英開戦と入隊までの大学生活

太平洋戦争への大いなる疑問

――「学徒出陣」に至るまでの経緯について、第一章で岩井忠熊さんに解説していただきました。そこで入隊までの二カ月間の大学生活をいかに過ごされたかを、お二人にお聞きしたいのですが、その前に一九四一年十二月八日をとりあげたいと思います。この日、日本軍は米軍が重要基地にしていたハワイの真珠湾（パールハーバー）を奇襲攻撃し、また直前にはマレー半島にも上陸しました。対米英への軍事行動により、無謀な太平洋戦争を始めたのです。

岩井忠熊さん　十二月八日の旧制姫路高校は、学校教練査閲でした。授業はありませんが、生徒たちは真珠湾攻撃のニュースに興奮して張り切ったようで、その夜に臨時の寮生大会が開かれて気焔をあげています。査閲官の師団長は「士気旺盛」と講評しましたが、あくる日から変わった学校生活が始まったわけではありません。英国人教師が担当していた授業が、日本人教師にかわったくらいです。

岩井忠正さん　パールハーバーの攻撃で日米開戦になったとき、私は慶應大学の日吉キャンパスでラジオ放送を聞いたのですが、とうとうやりやがったのか、バカだな、と思いましたよ。まわりの連中が、やったなと嬉しがっていたのを憶えています。最初のうちは日本軍が連戦連勝で、米軍の軍艦を撃沈するたびに、日本中が祝勝気分になった。

このときばかりは私も、意外と景気がいいじゃないか、と嬉しくなりましてね。戦争への批判はあっても、始まってしまうと、もはや死ぬか生きるかだから、安々と殴られてはいかん、生き延びるために敵をやっつけるしかない、という気持ちに変わったのです。

どうして、そんなに急に考え方が変わったのかといわれても、生きるか死ぬかの既成事実を突きつけられると、人間っていうのは、易々とそういう気持ちになるのではないでしょうか。それでも流されない人はいたらしいが、そういう人たちはすでに刑務所の中でした。

このとき、私も近いうちに軍隊に引っ張られて、戦場に出されるだろう、きっと死ぬにちがいない、と思うようになっていました。中学校に入ってから何度も何度も読んだレマルクの『西部戦線異状なし』の影響といえるでしょう。そうですね、現在の日本だと高校在学中の年齢にあたるドイツの若者が、第一次世界大戦のときに志願の名目で陸軍に引っ張られたときの物語です。

主人公はドイツの学徒兵たちで、彼らは訓練部隊にあって無意味ないじめやしごきを受けた後に、そろって前線に送られます。前線では、死と背中合わせの激烈な戦いを強いられたあげく、撃たれて死んでしまう。「西部戦線異状なし、報告すべき件なし」と戦場の平穏状態を報告された、その日に戦死するなど登場人物たちがあっけなく死んでいくのです。

私は何度も読んで、この本こそが戦争のほんとうの姿を書いている、軍隊の真実を物語っていると思いました。「軍事教練」を受けながら、なんとなく反発を覚えていましたが、明確な言葉が見つからなかった。だけど『西部戦線異状なし』は、私にはっきりした言葉で語ってくれたのです。

軍隊や戦争というのは、軍事教練や少年雑誌で言われるような勇ましいものではない——とこの本で確信したのです。そして自分たちも戦場に引っ張り出されたら、主人公のドイツ学徒兵みたいにあっけなく死んでいくのだろう、と覚悟せざるをえませんでした。戦場に放りこまれたときの私の運命を、この本は予告していると受け取ったのです。

〈僕はまだ若い。二十歳の青年だ。けれどもこの人生から知りえたものは、絶望と死と不安と、深淵のごとき苦しみと、まったく無意味なる浅薄粗笨《せんぱくそほん》とが結びついたものとにすぎない。国民が互いに向き合わされ、逐《お》い立てられ、何事も言わず、何事も知らず、愚鈍で、従順で、罪なくして殺し合うのを、僕は見てきた。この世の中のもっとも利口な頭が、武器と言葉とを発見して、戦争というものを、いよいよ巧妙に、いよいよ長く継続させようとするのを、僕は見てきた。（中略）幾年のあいだ僕らのする仕事は、人を殺すことであった……人を殺すことが僕らの生活における最初の職務であった。僕らがこの人生から知りえたことは、死ということに限られていた〉

（レマルク著、秦豊吉訳『西部戦線異状なし』新潮文庫）

忠熊さん　ドイツ人教師は授業前に「みなさん、ありがとう」と日本語でしゃべりました。ドイツ軍がヨーロッパで苦戦していたので、同盟国・日本が米英に宣戦布告したことを喜んだようです。しかしながら、中国戦線に加えて太平洋でも戦争を始めるのは、軍事戦略の二面作戦にあたり、成功例のほとんどない愚劣な方策です。

そればかりか日本軍は二面作戦にとどまりません。独ソ戦の推移が有利になれば、対ソ戦に踏み切るつもりだったので、場合によっては三面作戦も辞さないということになります。なんとも無謀な方策としかいいようがありません。

忠正さん　太平洋戦争が始まる前に映画館で観たアメリカのニュース映画に、ひどく衝撃を受けた記憶がよみがえった覚えがあります。アメリカの巨大な戦車が猛スピードで林のなかに突っこんで行く映像ですが、なんと樹木をなぎ倒して走り抜ける。ほとんどスピードが落ちないし、馬力もすごい戦車でした。こんな戦車を日本はつくれないだろう、と思わずにはいられなかったのです。

戦争になると大量の石油が必要だが、このとき日本は新潟にわずかの油田があるだけです。対してアメリカは大量の油田を持っている。つまり科学技術や生産力で、アメリカがはるかに日本を上回っているのだから、客観的にみればアメリカと戦って勝負にならないことは明らかだと考えていました。


忠熊さん　アメリカと日本の工業生産力の較差が桁違いだったので、海軍の本音は「対米戦の回避」でした。海上兵力からして「対米戦必勝」の確信が持てなかったのです。近衛文麿首相は内心では開戦に反対でしたから、海軍の支持を得ようとします。

だが海軍は、公の席で表明しません。アメリカを仮想敵国にして膨大な建艦費を要求し、大海軍を築きあげたあげく「無敵海軍」を宣伝してきた手前から、いまさら「避戦」と言えなかったのです。だから海軍は、「和戦の決定は近衛総理に一任」で逃げ切ろうとしました。

中国戦線の泥沼から脱するために対米英戦に臨もうとしてきた陸軍首脳も、海軍が対米戦に自信がないと閣議など公式の場で明言してほしい、そうすれば開戦派の若手将校を抑えることができると、内々で持ちかけました。しかし海軍は、メンツの問題もあって応じません。下駄を預けられた近衛首相はなんと総辞職を選んだのです。

後継は開戦派の東條英機陸相が、兼任で首相に就きました。宣戦の詔書は「天祐を保有し」

で始まり、天の助けがあるといって、国民に宣戦を告げました。

忠正さん　「大和魂」や「日本精神」を声高に叫び、天皇に忠節を尽くす「忠節心」を吹聴するばかりです。物質文明は欧米が優れているかもしれないが、日本は精神文明で優《まさ》っているというのだから、愚かな信仰にすぎないと思いました。だって、精神文明で優っていることなど証明できないではないですか。最後は「神風」が吹くというが、なにも頼りにできるものがないから「神風」を頼りにしているにすぎない。「神風」を持ち出すこと自体が、すでに敗北の兆しだと思いました。

――日本陸海軍の特徴について、吉田裕著『日本軍兵士』（中公新書）**は「異質な軍事思想」に焦点をあてて「極端な精神主義」など次の三点を取りあげています。ここでは骨子を引きました。**

〈第一には、欧米列強との長期にわたる消耗戦を戦い抜くだけの経済力、国力を持たないという強い自覚から、長期戦を回避し「短期決戦」、「速戦即決」を重視する作戦思想が主流を占めてきたことである〉〈第二には作戦、戦闘をすべてに優先させる作戦至上主義である。そのことは、補給、衛生、防御、海上護衛などが軽視されたことと表裏の関係にある〉〈第三には、日露戦争後に確立した極端な精神主義である。それは、砲兵などの火力や航空戦力の充実、軍の機械化や軍事技術の革新などに大きな関心を払わず、日本軍の精神的優越性をことさらに強調する風潮を生んだ〉

忠正さん　この精神主義の背後にあったのが天皇制軍国主義です。この頃、無性に腹が立ったのが、著名な学者たちが言論雑誌や新聞などで天皇制を支持して、結果的に戦争に向かう風潮を後押ししていることでした。彼らはドイツ観念論の用語を使っていたので、なんとかしてこの学者らの理論を打ち砕きたいと一念発起して、私は法学部政治学科から文学部哲学科に転科したのです。だから学徒出陣をさせられたときは、西洋哲学を学んでいました。

忠熊さん　宣戦の詔書が出された四日後に政府は、この戦争を「大東亜戦争」と呼ぶように公告します。大東亜共栄圏を建設し、東亜の諸民族を米英帝国主義の支配から解放するのを、戦争目的だというのです。そして「大東亜戦争」の大義を「自存自衛」としました。経済封鎖によって、日本の存在に脅威を与えた米英と戦うというのです。

だが日本は、中国大陸に傀儡の「満州国」をつくり、朝鮮や台湾を植民地にしている帝国です。このため日米交渉の最大の焦点は、中国からの全面撤兵でした。日本が受け入れれば、米国の対日経済制裁は解消されたはずです。日本が承諾しなかったのは、「自存自衛」の主体が日本本土ではなく、日本の帝国主義的支配圏そのものだったからです。手前勝手な理屈で国民を戦争に巻きこんだといえるのではないでしょうか。

忠正さん　米英を相手に始めた戦争は、日中戦争の続きだから、日本に大義があるとは考えられなかった。「八紘一宇」や「大東亜共栄圏」などと吹聴するスローガンは、頭から信じる気になれないのです。私は戦争の目的に否定的だっただけでなく、戦争の結末と私の運命にも絶望的でした。

忠熊さん　そんな戦争であるだけに、陸海軍とも表面上はともあれ、首脳部はだれも「必勝」を信じていたわけではありません。ドイツが欧州で圧勝してイギリス本土でも占領すれば国際情勢が激変するので、アメリカは対日和平を求めてくるのではないかと、いわばドイツ頼みの無責任な情勢判断に立っていたのです。

忠正さん　当時、現役の陸軍中佐だった義兄（三番目の姉の夫）が、東京・戸山の陸軍病院で治療していました。シンガポール作戦で負傷したのですが、その治療を終えて再び南方に赴任するというので、私は別れを告げるため義兄に会いに行きました。その頃には食べる機会がなくなったご馳走も目当てで、実際、山王ホテルのグリルでハンバーグステーキをおごってもらったのです。

このとき常日頃から思っていたことを、私は義兄に単刀直入に訊ねました。

「アメリカに勝つには、日本軍がアメリカ本土に上陸しなければならないと思いますが、どうですか」

対して義兄は、「うん」とうなずいてから「それは、そういうことだね」と言いました。

「そんなことができるのですか」と私が問うと、「いや、できない」と義兄はきっぱりと答えたのです。私はこれ以上の質問を、あえてしませんでした。現役の陸軍中佐である義兄が、この戦争に日本が勝てるとはみていないと知り、私の「日本必敗」の確信はさらに強固になったのです。

忠熊さん　旧制の姫路高校二年のとき、西洋史の授業を受けた江口朴郎教授に教えられたことが多々あります。誰もが親しみをこめて「江口さん」と呼んでいました。とつとつとした話しぶりは、江口さんの人柄にもよるのでしょうが、私は親近感をいだいて自宅を何度も訪ねたものです。
江口さんは、学生にこんな問いかけをしたことがあります。モンテスキューやスミスやヘーゲルが、東洋を停滞的で運動のない社会と捉え、歴史的な運動を重ねた西洋と対照させたのは正しいだろうか——。

江口さんは、インドのネルーや中国の蔣介石はナショナリズムの指導者であり、現に彼らのナショナリズムが歴史を動かしているではありませんか、と指摘されました。これが江口さんの答えでしたが、黄河や揚子江の流れる中国では、広大な流域の治水や灌漑《かんがい》を行うことのできる強大な権力を持つ専制君主の成立を必然とし、そこには運動のない停滞的な社会が生じるとの趣旨だったと記憶しています。

ヘーゲルの『歴史哲学』を読んでいたこともあって、江口さんが授業で伝えたかった真意は、大義のない日中戦争は中国のナショナリズムに勝てないという警告ではなかったのか、と思い至ったのです。授業中に質問するのは、さすがにはばかられたので、自宅に江口さんを訪ねて、私の考えを聞いてもらいました。

江口さんが私の意見を肯定したとき、私の実家は大連にあったので、正直いって茫然《ぼうぜん》としたものです。日本はあらゆる面で中国より上だから、日本軍は中国の軍隊より強いという信仰を持っていたので、やはりびっくりしたというのは事実です。結果は江口先生の見通しの通りでした。

私の意見を深めてくれたうえ、夜遅くまで話しこんで教えを請うことができる師弟関係をもてたのは、地方の旧制高校の長所だったと思います。それまで私は歴史に関心がありませんでしたが、江口さんの話を聞いているうちに、歴史に目覚めていきました。大学の志望を決めるにあたって、江口さんに相談したのはいうまでもありません。私が進みたい日本近代史は、どこの大学でも研究や講義が行われていなかったので、これまでに学界が蓄積してきた日本史の研究成果を学ぶことに意義があると話してくれました。

その際、江口さんは「東大の国史だけにはいかないように」と念を押されました。当時の東大は平泉澄《きよし》教授を中心とする皇国史観が全盛だったのです。それで京大文学部を選びました。入学したとたんに、学徒出陣で軍隊に召し上げられたのは、すでに述べた通りです。

――そうして一九四一年十二月八日に始まった太平洋戦争ですが、第一章で言及されましたように一九四三年に大きな転換を迎えます。当時の暮らしはどうでしたか。

忠熊さん　一九四三年という年は、第二次世界大戦における日独伊枢軸の敗勢が濃厚になったといえるでしょう。情勢は私たちの日常生活にも窮迫を告げます。旧制の姫路高校に入学した一九四一年四月頃は、驚くほど物資が豊富な姫路だったのに、四三年になると空腹を満たすだけの食料を確保するのも難しくなりました。

姫路に下宿していた私は、三度の食事を学校の食堂でとっていましたが、腹八分どころか腹五分から腹六分といったところです。農村出身の生徒は、学校で食事をとったうえで、下宿では家から送ってもらった食材で補食していたようです。

姫路の街では大金をはたいて物資を手に入れるルートもあったみたいですが、私には縁遠かったです。中国の大連も食料事情は悪化していましたが、内地よりは良かったので、一九四三年の三月と八月には食べる目的で、兄の忠正と一緒に大連の実家に帰省しました。この年の初頭からアメリカの潜水艦が黄海まで現れ、撃沈された船舶があったそうです。そうした類の話は公表されませんが、口コミで伝わっていました。

久々に満腹感を味わった私と兄は、大連から本土に戻るために船の切符を手に入れて、指定された日時に大連埠頭に行くのですが、出航の見合わせによって何度か大連の家と埠頭を往復させられたものです。家に戻って、明日は出航だよといっても、幼い姪は嘘つきとみたのか、なかなか信用してもらえませんでした。

やむなく大連から夜行列車で奉天に行き、そこから釜山行きの特急に乗り換えたのです。すでに超満員で座席はなく、通路に座りこみました。この姿勢で約二十四時間を過ごしたのですが、若かったから耐えられたのでしょう。

大連でつくってもらったおにぎりは配給米に大豆が混じっていたので、その大豆が発酵して糸を引き、ぷんぷんと異臭がしていました。これでは食べられないので捨てるしかなく、腹ペコでなりません。関釜連絡船に乗ってからは、ただただ眠りこけました。目を覚ましたとき、船は下関に着いており、乗客は荷物を手にして通路に並んでいます。このときまで寝ていたのは私と兄だけでした。

私と兄は大きなリュックを背負い、ふらふらしながら神戸の長姉の家にたどり着いたのです。

リュックに羊羹《ようかん》や清酒の瓶を詰めていたので、大いに恩を売って、腹いっぱいに食べさせてもらいました。

九月に入ると、京都大学の入学を控えていた私は姫路の下宿を引き払い、同級生と別れを惜しんでから、神戸の長姉の家に寄りました。このとき東條英機首相のラジオ放送を聞き、なんと学徒の徴兵猶予停止を告げられたのです。

徴兵検査を受け、召集令状を受け取る

——学生や生徒に認められていた徴兵猶予の特典が、一九四三年十月二日に停止されました。対象となった文科系学生のなかで二十歳に達している成人者は、入営までわずか二カ月間しかありません。それぞれの学徒にしたら、「貴重な二カ月」であったと察します。軍隊に入るまでの二カ月間について、振り返っていただけますか。

忠熊さん　九月末に旧制の姫路高校を卒業し、十月に京都大学文学部に入ったばかりですから、私の身辺はにわかにあわただしくなりました。入学式に出て宣誓に署名してから、今でいうガイダンスをまず受けて、大学のシステムやカリキュラムの概要を聞いたものです。肝心な点は二カ月後に入隊する私の身分ですが、結論からいえば京都大学を休学しての入営でした。生き

て帰れたら復学できるのですが、そのような発想には至らず、戦場に行けば死ぬしかない、そう覚悟させせられていました。

ところで今思うと、なんとも不思議ですが、たいした用事もないのに両親が大連から本土に渡ってきたのです。戦局が緊迫している本土に比べて、大連はそうでもなかったのでしょうか、大連航路は一時の安全を取り戻していたようです。私や兄の入隊を予期していたわけではなかったようですが、私としては両親に別れを告げに大連に行かずに済みました。

忠正さん　本来は二十歳（一九四四年からは十九歳）になったときに受けるべき徴兵検査を、学生ゆえに猶予されてきましたが、今度はそうはいきません。本籍地が山形県だったので山形市に行って、学生と生徒だけの臨時徴兵検査を受けました。

徴兵検査の判定は体格の優秀なほうから、甲種、第一乙種、第二乙種、丙《へい》種、丁種、戊《ぼ》種に分けていました。平時には甲種合格者のなかから抽選によって、定員数だけを入隊させたのですが、日中戦争が始まってから第二乙種の合格者までが現役入隊となります。丙種は現役に適さない「第二国民兵」（常備兵役と補充兵役とを終えた「第一国民兵役」に属さず、満十七歳以上四十五歳以下が服した）と判断され、丁種は兵役免除、戊種は健康に問題があるとの理由から、翌年に再検査を受けなければなりません。私は甲種合格でした。

忠熊さん　どちらかといえば病弱な私でしたが、持病がなかったので第二乙種合格でした。

陸軍軍人の徴兵官の前で判定を言い渡されるときに、志望を聞かれます。もっとも危険な部隊だった陸軍航空兵と答えるのが無難だと、いわば常識的に言われていました。陸軍といえば歩兵が代名詞の時代があったのですが、私が徴兵検査を受けるときには、そう答えても逆に「なぜだ」と質問されるようになっていたのです。私の前に呼び出された学徒は、歩兵と答えた理由を「大学で山岳部に入っていたからです」と説明していました。

私は大勢に従って、陸軍航空兵と答えました。ところが届いた「現役兵證書」は、入隊先を海軍の「横須賀第二海兵団」（翌年の一月に武山海兵団と改称）と指定しているのです。兵種は水兵でした。

兄の忠正も、入隊先が海軍だったので、私とまったく同じ横須賀第二海兵団の配属になりました。海兵団は海軍に入った者を基礎訓練するところで、横須賀第二海兵団は関東や東北出身者を対象に受け入れていたのです。徴兵された者は例外なく陸軍に入れられると思っていたので、私はいささか驚きました。海軍も陸軍と同様に、大量の徴募を必要とする事態に陥っていたのでしょう。

忠正さん　召集令状がきてから、いよいよ「死」というものが現実味を帯びてきました。召集は死に繋がるので、レマルクの小説『西部戦線異状なし』の学徒兵たちのように死ぬのだろう……と小説の主人公にわが身を重ねてみたものの、私にとって死がどのようなものかは、もちろん経験してないのでわかるはずもありません。しかし、死ぬのはまちがいない……。

そうであるならば、大海原でおぼれたり、弾《たま》の当たりどころが悪くて苦しみもがくような目には遭いたくない、つい、そんなことを願ってみたりしたものです。もちろん、死ぬのは嫌に決まっていますが、逃れられない宿命として迫ってきているのはまぎれもありません。うれしいわけがない。しかし私は、いさぎよく召集に応じました。

天命として死を受け入れている自分を認めながら、なんのために、誰のために死なねばならないのだ、と自問しても明確な自答はできません。ただ、はっきりしていたのは、天皇のために命をささげることへの拒否反応は強かったです。天皇のために命をささげることが、国民の義務みたいに言われていたこともあって、私はそのことへの反発からも、天皇のために死ぬのは嫌だと思っていました。

当時、よく歌われていたのが「海行《ゆ》かば」です。陸海軍の兵士は、海で死んでも、山で死んでも、天皇陛下のために死ぬのであれば、決して後悔しません――というような意味でした。

――実は『毎日新聞』（二〇一九年五月十三日付）の投書欄「オピニオン」に、広島県の八十七歳の元小学校教員の女性が〈校庭に流れた「海ゆかば」〉のタイトルで一文を寄せています。毎朝、校庭で皇居の方角に向かって黙禱《もくとう》したとき、その間に「海行かば」が流れたそうです。

〈海行かば　水漬《みづ》く屍《かばね》／山行かば　草生《む》す屍／大君《おおきみ》の辺《へ》にこそ死なめ／かへりみはせじ〉〈あの頃、私は国民学校に通っていた。母に「天皇陛下は神様だと先生が言われたよ」と話した。すると母は「天皇陛下は人間よ」と言ったが、先生にも友達にもそんなことは言わなかった〉〈私たちは天皇のために死ぬことが美徳のように体にすりこまれたのだ。特攻隊で出撃した人たちも同じように教育されたのだと思う。こんなことが繰り返されないように、平和を守る努力をしなければと思う〉

――当時の光景が目に浮かぶようです。日本国内だけでなく、日本が併合していた韓国の国民学校でも「海行かば」が歌われました。かつて私が書いた記事「平和をたずねて　韓国併合教師ゆえに」から引きます。

〈日本が太平洋戦争に突入してから、ＮＨＫ（日本放送協会）は午後五時のラジオニュースで大本営発表を報じるようになった。「軍艦行進曲」が流れて大本営発表となるのだが、四十二年三月六日に「海行かば」の軍歌が初めて登場した。大本営発表は――真珠湾攻撃のとき特殊潜航艇で戦死した九人が「軍神」になったというニュースだった。この日から「海行かば」は大本営が玉砕を発表する際にラジオから流れた。戦死者を讃える歌、死を恐れるなと鼓舞する歌となり、大政翼賛会はこの年の十二月に「国民の歌」に指定している。

植民地朝鮮の達城国民学校（当時の大邱に所在）では、朝礼時に鼓笛隊の伴奏に合わせて、児童と教職員が一緒に「海行かば」を歌った。このとき教師をしていた杉山（とみ）さんは追想する。

「非常時ということで、朝鮮半島の皇民化が急務だったのでしょうか。子どもたちには「海行かば」だけでなく「皇国臣民の誓詞」も唱えさせました。同じ日本人だと口を酸っぱくして押しつけても、民族の違いは変えることができません。本当にかわいそうなことをしました」

当時は軍歌や軍国歌謡でも「お国のために死ぬ」ことが美化されていた。たとえば「露営の歌」には《夢に出てきた父上に、死んで還れと励まされ》とある。「軍国の母」は《生きて帰ると思うなよ　白木の柩《ひつぎ》が届いたら　でかした我が子あっぱれと　お前を母は褒めてやる》という歌詞だから、両親にしても「生きて帰れ」と本心を伝えることができなかった〉

（『戦争を背負わされて　10代だった9人の証言』岩波書店に所収）

忠熊さん　国民教育に大きな役割を果たしたのが、教育勅語（一八九〇年発布）です。勅語は最初に、わが国は皇祖皇宗（天皇の先祖）によってはじめられ、教育の淵源はこの国体の精華にあると強調します。国体は国柄の意味で、皇祖から万世一系の天皇が統治するのが、日本という国の姿だというのです。そのうえで教育勅語は、国家が危機にあれば、天皇のために身を投げ出すことのできる立派な人間になれ——と諭しました。

ですから教育勅語にもとづく国民教育は、戦争の際に天皇のために命を惜しまない人間を養成することになったのです。昭和の「十五年戦争」で「国家総力戦」になると、国民生活のあらゆる分野で、そのような教育を受けた人たちが活動しました。軍隊だけでなく、官僚機構も天皇の官僚となり、そうして国民は「天皇の赤子《せきし》」とされたのです。

〈民主主義政治と人権保障の憲法を求めた民権運動を鎮圧し、天皇制絶対主義憲法を制定した国家権力は、天皇を単に政治的元首としてでなく、『古事記』『日本書紀』の神話に由来する神聖な権威をもつ君主として国民に崇敬させ、同時に天皇を元首とする権力への無条件服従の心情を植えつけようとし、憲法発布の翌年には教育勅語をつくり、これと相前後して各学校で開始された祝日の式での天皇の「御真影」に対する「最敬礼」とともに教育勅語の「奉読」の儀礼を行わせ、幼年時代から天皇とその国家への畏服の習性を肉体的に定着させる方式をつくり出したのである〉

（家永三郎著『太平洋戦争』岩波現代文庫）

忠正さん　戦争で天皇のために死ぬことが、最高の道徳とされたのです。しかし、私はとうてい受け入れることなどできなかった。なぜ天皇が神様なのだ、なぜ天皇が偉いのだ、という疑問がわいてくるのです。しかし言論を統制されていたので、新聞をはじめとして天皇を頂点にすえて、天皇のために命を投げ出す支配体制をまったく批判しない。その結果として、私たちの理性は封じられ、否定されるのだから、がまんできなかったのです。

だから私は、天皇のために死ぬのはいやだ、と思いました。しかし、表だって口にできるような状況ではありません。ことさら治安維持法を意識するまでもなく、世間一般の厳しいタブーをおかすことになると知っていたからです。このとき私は「面従腹背《めんじゅうふくはい》」でいくが、「内心の自由」だけは手放してはならないと決めていました。

――入営を前にして、死を受け入れる覚悟を決めた多くの学徒は、誰のために死ぬのかと自問を繰り返したのですね。尾藤正英氏の「懐疑と彷徨」（東大十八史会編『学徒出陣の記録』中公新書に所収）**の次の一文からも、そのことがうかがえます。**

〈そのころには長く生きたいとも生きられるとも思っていなかったのである。それは運命に随順するあきらめに近い気持であったが、そればかりでもなかった。国や天皇のために死ぬという観念は、やはりまったく無意味としか思われず、戦死する兵士が天皇陛下万歳と唱えるというのも、たいていは作り話に違いないと考えていた。しかし戦争が与えられた運命であり、自己の家族をふくむ国民全体の生活を守るために役に立つのであれば、皆といっしょに戦って死ぬのもしかたがない、と漠然と考えていた〉

誰のために死ぬのか

忠正さん　「天皇」に結びつけた「戦死」について論じることがタブーであったため、「面従腹背」でいくと決めた私ですが、一度だけ心中を明かしたことがあります。といっても相手は赤の他人ではなく、弟の忠態でした。

こういう経緯です。東京・戸山の陸軍病院で治療を終えて、再び南方の戦場に赴く前に義兄から戦況の見通しを聞いたことは、すでに述べましたが、その現役の陸軍中佐だった義兄の連れ合いが三姉です。新潟県の新発田で留守宅をあずかっていた三姉が、学徒出陣する私と弟に、軍隊に入る前に兄弟で先祖の墓参りをして温泉にでも行ってきなさい、と言って小遣いをくれたのです。私と弟は新発田で落ち合ってから山形県の米沢市で墓参りを済ませて、日本海沿いの新潟県村上市の瀬波温泉に行かせてもらいました。

その道中の汽車のなかで、私は自分の考えを弟の忠態に打ち明けました。同じ海軍に行く弟なら話しても大丈夫だろうと考え、この機会に胸の内を伝えておくことに決めたのです。

「戦争に行くのだから、生きて帰れないと思うんだ」と、私はささやきました。

「うん、そうだろうな」と、弟も声をひそめて答えました。

このとき私たちは、向かい合って座っていましたが、隣は空席だったと思います。それでも前後の席をふくめて乗客は散見されました。だから「天皇」という言葉を口にするわけにはいきません。そこで私はドイツ語の「皇帝」を引っ張り出して、「カイザー（Kaiser）」と表現したのです。

「おれはカイザーのためなんかに、死ぬつもりはない」

普通のひとには通じない「カイザー」でしょうが、旧制の姫路高校でドイツ語を選択していた弟には、ちゃんと通じました。弟の忠態は私を見て、きっぱりと言ったのです。

「おれも、そう思っている」

このあと私たちは、天皇制軍国主義国家について語り合いました。ただし当時は「天皇制」の言葉を自由に使えなかったので、その言葉にお目にかかることもなく、だから私は詳しく知っていたわけではありません。天皇を不可解の頂点とするシステムといった程度の理解でした。それでも私と弟は、このシステムと軍国主義が結びついていることが、今の日本でもっとも悪いんだ、と言葉を選びながら談論したのです。

それまで私たちは、政治的なことをほとんど話し合っていませんが、基本的に同じ考えであると理解できたのは大きかったです。弟の忠態が何度も「そうだ、そうだ」と同意してくれたのは、この汽車の旅の忘れがたい思い出でもあります。

このあと東京に戻った私は、再び考えあぐねました。

天皇のために死ねないのであれば、おれは誰のために戦場で死ぬのだ、国のため？　それはないだろう、国家となれば、国体に結びつくから天皇も含まれる、それだけは嫌なのだ——。私の頭のなかからは、誰のために、何のために、おれは死ぬのだ、死なねばならないのだ、という自問が離れなくなったのです。

そんな秋の日の午後でした。慶應大学に至る三田の坂道を上がっていたとき、小さな女の子の手を引いて坂道を下ってくる女性と行き違ったのです。白い割烹着《かっぽうぎ》を身にまとっていたので、近くに住む主婦であり、女の子の母親だと見て取りました。普段なら、何の変哲もない日常的な情景ですが、このとき私は胸のうちで、〈そうだ！〉と叫んだのです。

おれが戦場で死ぬのは、こうした人たちのためなのだ。おれは目の前にいる母子らのために死ぬのだ。おれは、こうした人たちと生活をともにしている、だからおれは、こうした人たちの一部なのだ。たとえおれが死んでも、この人たちの生活が続くかぎり、おれはこの人たちの中で生きていられるのではないか、生きられるのではないか——。

そう思い至ってから、目の前のかすみが一挙に晴れた気がしました。このときの衝動は今でも忘れていません。そうして戦場で死ぬことを観念すると、今度はこの世のすべてが愛おしくなってきたのです。この世への未練のあらわれだったのでしょうか……なんとも観念的ですが、私にとって、まさにリアルでした。

ある意味で自己説得をしたと思うのですが、それは自己犠牲でも、勇気あることでもありません。学徒出陣で戦争に行くのは逃れられない、この宿命に逆らうのは不可能だという前提に立っての自己説得です。勇気を持って応召を拒否できなかったので、当時は気づきませんでしたが、こうして振り返るに自己欺瞞《ぎまん》もあったでしょうね。

忠熊さん　国家の直面した状況と自身の運命を「宿命」だと受け入れて、いかんともしがたい現実を前に、妥協と諦念を背負ってやっていこうと決めていたのが、当時の学徒兵の多くではないでしょうか。学徒兵が戦争や国家について考える態様は一律ではないとはいえ、たいがいの学徒兵に確固たる国家観はなく、郷土、父母、家族、恋人、友人のためにという思いが強かったはずです。

ところで私ですが、入隊は決まっても、せっかく京都大学に入ったのだからと、いろんな講義に首を突っこんで聞き歩きました。大学への期待がそれだけあったのです。

たとえば考古学の授業です。考古学の話を聞いて兵隊に行って何になるか、といったら何もなりません。しかし、私は教室に足を運んだ。考古学の梅原末治先生は、学生を叱ることで有名で、その日は出席している者に向かって「出席が悪い」と怒るのです。

学生一人ひとりに「来週出てくるかどうか答えろ」と問うてきました。私は「来週は軍隊に入っているので、出て来られません」と答えました。実際、その通りなのですが、そんな学生がいるとは思わなかったのでしょう、私だけがたいそう褒められたのです。これは自慢ではなく単なるエピソードで、いろんな講義に出ていたということです。

必ず出ようと思っていたのが、当時の京都大学で哲学の中心的な教授だった田邊元《はじめ》先生の授業です。講演を本にまとめたような、岩波書店の『歴史的現実』を読んでいました。我々が当面している現実は動かすことのできない歴史的背景がある、これにどう対処していくかを考えなくてはならない――といった趣旨でした。京都大学の学生課が田邊先生の「死生」と題した講演をまとめてパンフレットにして学生に配っていましたが、「死生の問題まで学生課が心配してくれるのか」と思った覚えがあります。

田邊先生の著作を読むと、「人類」と「個人」、「類」と「個」の間には「種」がある、だから我々は人類や個人であるまえに「国民」であり「民族の一員」だと述べていました。当時の日本人に即してみれば、通用する言い方だったのです。私にしても「兵隊に行け」と言われると、素直にそうしています。人類と個人との関係というより、国民の義務として兵役に服したのですから、「種の哲学」には深い意味があるのではないか、そう考えて田邊先生の授業に出ました。田邊先生の哲学は非常に難しいのですが、授業で説明をきくと、なるほどそうかと思われるところがありました。

また経済学部まで行って、高田保馬教授の名物講義を聴講したものの、チンプンカンプンでさっぱりわかりません。大物教授は和服を着こなしているのだという印象は残っています。わずか二カ月間に授業を次々に覗いただけでなく、入隊してしまえば本を読むことができなくなるので、読書にも励みました。

それでも入隊前の一日をさいて、一人で奈良に行きました。中国の大連育ちなので、大和と縁がなかったこともあり、せめて法隆寺くらいは見ておきたいと思ったにすぎません。ところが姫路高校の同級生と偶然にも出会ったのです。やはり十二月に入隊予定だったので、私と同じ気分で奈良にやってきたのでしょう。入隊を前にした学徒の大和めぐりは流行だったのか、東京からもかなりの人数が訪れていたようです。

大和めぐりをした私ですが、「日本文化」を守るために死地を辞さないという気分からは遠かったです。しかし「戦死」に繋がる軍隊に入るにあたって、時流に押し流された感は否めません、ともあれ、背を向けずに甘受したといったところです。

――学徒の徴兵猶予の停止が決まり、一九四三年十月二十一日には明治神宮外苑競技場で「出陣学徒壮行大会」が行われました。

〈文部省・学校報国団本部主催の出陣学徒壮行会が開催され、都下近県七七校約三万五千名の「学徒兵（繰上げ卒業と学徒出陣により兵士となった学生出身の兵士）たちは、慶応大学医学部生の送辞に送られ、多くが「生等《せいら》もとより生還を期せず」という東大文学部学生・江橋慎四郎の答辞の思いをもって、冷雨の中を黙々とわだつみの涯《はて》へ向けて行進した。最後は、当時の準国歌「海ゆかば」を全員で合掌し、「天皇陛下万歳」を三唱した」〉（日本戦没学生記念会編『新版　きけ　わだ

つみのこえ』岩波文庫）

――作家の瀬戸内寂聴さんにお話を聞いた折、「学徒出陣」についてこう述べられました。

〈私は昭和十八年九月に東京女子大を繰り上げ卒業し、翌十月に北京に行ったのですが、その直後に学徒出陣があったでしょ。あとで、その映像を見ましたけど、同じ世代の男の子が戦場に動員されていくのですから、かわいそうで、かわいそうで。あの映像を見ますと、今でも涙がでます。為政者がどんな美辞麗句を並べても、戦争は人を殺すことなのです〉

（『わたしの〈平和と戦争〉永遠平和のためのメッセージ』集英社に所収）

忠正さん　雨の外苑でした。当時のニュース映像には、銃を担ぎ隊列を組んで行進する角帽の学生が映っていますが、東大の隊列だと思います。慶應の隊列も同じだったと思いますが、ニュース映像には映っていません。

私は参加しましたが、政府の企画であったし、冷ややかな気持ちをいだいていました。一部の女子学生が出陣学徒を目指して殺到したそうですが、そのような感動的な場面にはでくわしていません。内心では反発を覚えながら参加したのは、「面従腹背」でいこうと決めていたからです。

忠熊さん　明治神宮外苑グラウンドで行われたのは東京と関東地方の学徒が対象で、京都では学校別の壮行会でした。京都大学は農学部のグラウンドで総長の話を聞きましたが、学生は平服だったように記憶しています。このあと分列行進みたいな儀式があって、平安神宮まで歩いて行き、お祓いを受けました。

印象深かったのは、学生集会所であった文学部の壮行会です。ありきたりの「武運長久を祈る」と述べる教授が大半のなかで、ドイツ文学の成瀬無極（清）教授はちがいました。「生きて還って、また勉強をするように」と言ったのです。当時としては腹をくくっていないと口に出せない言葉だけに、このときの成瀬教授は私の脳裡に刻まれています。もっとも私は、生きて帰るための努力をしなかったのではないかと、後に反省しました。ともあれ大学というところは、成瀬教授のような人物がいたのですね。

話を戻しますと、郷里のある学徒はそこでも壮行会があり、日の丸の旗をタスキ掛けにして、挨拶をするのがならいだったようです。大学でも日の丸を持ち歩いて、教授たちに寄せ書きを求める学生がいましたが、私は日の丸の旗をつくっていません。

世話になった神戸の長姉と義兄の夫妻が、大阪の老舗フグ料理屋に連れて行ってくれ、そこで壮行会をしてくれました。米と木炭の持参が条件だったのを覚えています。このあと東京に向かう駅のホームで、姉や姪たちが「バンザイ」をしてくれたのが、セレモニーといえばセレモニーでした。

忠正さん　弟の忠熊が上京してきて、私の下宿先の高円寺の伯母の家で合流しました。翌日、私たちは伯母に挨拶を済ませてから、指定された電車に乗って横須賀第二海兵団に向かったのです。

忠熊さん　逗子駅で降りると、おびただしい数の学徒がそろっていました。ざっと六千人だったでしょうか。若者たちは学校の制服と制帽を着用し、脚にはゲートルを巻き、トランクを提げていました。大半の者が寄せ書きのある、日の丸の旗をタスキにしていたと思います。

着いた先の武山海兵団は、広大な施設でした。

第三章　大連で育った小・中学時代

江戸時代生まれの祖父は、戊辰戦争や西南戦争に従軍

――岩井忠正さんと忠熊さんのお二人は、「特攻から生還した兄弟」として知られていますが、祖父の岩井忠直さんと父の岩井勘六さんが近代史の中枢にいたことにも、私は関心を寄せられました。ここでは時間の針を戻して、まず江戸幕府の滅亡に始まる明治維新とその後の歴史にふれながら、忠直さんと勘六さんについて語っていただき、その後で、お二人が過ごされた大連時代の回顧をお願いします。

岩井忠熊さん　祖父の忠直は江戸時代の弘化二年（一八四五年）、出羽国米沢地方（山形県）を領有した米沢藩の家に生まれました。上杉藩主が設立した学問所「藩校興譲館」にいた記録があります。経歴に助教とあったように思うのですが、学問や文事に関する書物は家に伝わっていません。武術関連の訓練が行われていて、その助教をしていたのなら理解もできます。

姉たちから聞いたのは、祖父は江戸時代の人らしく、両手を膝について「姉上様にはご機嫌よく」と言って、芝居を見るような挨拶をしていたそうです。

祖父が二十二歳のときに、徳川幕府の末期すなわち幕末を迎えます。一八五三年に米国の東インド艦隊司令長官ペリーが黒船で来航し、開国を迫ってきました。不平等な日米修好通商条約の調印をめぐる論争は、行き詰まっていた幕府政治の追及へと向かいます。その勢いは尊王攘夷論へと発展し、そして倒幕論に至るのです。

薩摩藩と長州藩を中心にした倒幕派は一八六八年（慶応四年＝戊辰の年）一月、幕府側についた佐幕藩を賊軍と呼んで武力制圧に乗り出しました。戊辰戦争の始まりです。

祖父のいた米沢藩は、朝敵（朝廷にそむく敵）とされた会津藩への信義から、「東北諸藩同盟軍」（奥羽越列藩同盟）に加わり、倒幕派の官軍に挑みます。このような経緯から、米沢藩士の祖父は東北戊辰戦争に従軍しました。

戊辰戦争の最中に、倒幕派が立ち上げた新政府は「王政復古の大号令」を発して、当時十六歳だった天皇を担ぎ出しました。二百六十五年に及んだ江戸幕府の滅亡により、鎌倉時代から実に七百年にわたって続いた武士の時代は終わりを告げます。

そこで新政権は、天皇の親政として政策を執り行っていることを強調するために、「五箇条の誓文」を支配層や諸外国に向けて発表しました。私が重視するのは、「五箇条の誓文」と同じ日に出された「国威宣揚の宸翰《しんかん》」です。宸翰は天皇直筆の国民向けの手紙で、そこに〈万里の波濤を拓開し、国威を四方に宣布し〉とあります。

国家の大方針として海外に進出するというのですから、異常な国威宣揚といえるでしょう。維新政府があえて宸翰を発表したのは、海外侵略の野心を秘めていたこともさることながら、国民の関心を戊辰戦争から国外に向けさせる目的があったからにほかなりません。近代日本は常に対外的危機を演出し、国内の矛盾から国民の目をそらせてきました。そうして国内の一致団結を訴えていく政略の原型が、ここに出現しています。

戊辰戦争に勝利した新政府は一八六八年九月から、天皇一代を元号とする「一世一元制」により、年号を明治と改めました。次に「版籍奉還」を断行します。天皇が実権を握っていた古代の公地公民制にならい、藩主の所有する領地と領民を天皇に返上させたのです。また江戸を東京と改めて遷都も行いました。

さらに維新政府は、軍事力を背景にして「廃藩置県」を行います。封建的な藩体制の刷新はもとより、藩を廃止して武士の職を奪うことで、武力を中央に集結させました。

米沢藩の武士だった祖父は常職を失いますが、新たな職に就くことができました。この年の八月に設置された鎮台です。鎮台は政府直轄の軍隊で、全国の兵制を統一することにより、要所の治安維持を最大の目的としました。

まず東京、大阪、鎮西（九州）、東北に置かれ、祖父は東京鎮台に入りました。賊軍呼ばわりされた朝敵藩の祖父が、鎮台兵の伍長心得を務めたのは、明治政府で活躍して貴族院議員になった宮島誠一郎がいたからだと察します。米沢藩士の宮島は、戊辰戦争時に仙台藩や米沢藩を恭順に導いたことで知られる人物で、実は祖父の姉が宮島に嫁いでいました。祖父にとって義兄にあたる宮島は、格好の保証人になったはずです。国会図書館の憲政資料室に宮島誠一郎関係文書が所蔵されており、祖父からの書簡も入っています。

こうして武士から軍人になった祖父は、「明治六年の政変」（一八七三年）に遭遇します。西郷隆盛や板垣退助の朝鮮への「征韓論」に対して、岩倉具視や大久保利通が「内治優先論」を唱えたことから双方は激しく対立しました。「征韓」の是非だけではなく政府首脳の主導権争いも絡み、主張を退けられた西郷は鹿児島に下野し、明治政府は大分裂に至ったのです。

〈秩禄処分で収入をカットされ、廃刀令で刀を取り上げられ、特権が片端から廃止された士族の間には不平不満が渦巻いていた。七四年の佐賀の乱、神風連の乱、秋月の乱、萩の乱（いずれも七六年）と各地で不平士族の反乱が相次いだ。その最大にして最後の反乱が西南戦争だった〉（毎日新聞社『毎日の3世紀　上巻』）

一八七七年に起きた西南戦争は、鹿児島士族が西郷隆盛を担いだ蜂起でした。対して明治政府は政府軍を編制します。その「第四大隊」の「副官心得」に、「岩井忠直少尉試補」の名前が見られます。陸軍の東京鎮台に入って間もない祖父は、「鹿児島県逆徒征討」の政府軍に投入されたのでした。

祖父が従軍した西南戦争は、西郷隆盛が自決したことにより、七カ月で終結しています。そして一八八一年一月には、軍内部の秩序を維持する対策として、軍事警察を司る憲兵組織が陸軍に設けられました。憲兵隊の誕生であり、祖父は創設から四年後に憲兵となったのです。

——岩井忠直さんが、当時の憲兵隊の様子を記した報告記録「岩井憲兵中佐談」に目を通しました。実直なお人柄が行間から伝わってきます。

〈自分は明治十八年六月、近衛歩兵第一連隊中尉より、憲兵に転科しました。当時は今と違い希望せざるも命じられるのであります。当時、憲兵隊の編制は大隊編制にして、東京に二ヶ大隊あり、自分は小隊長として赴任しました。その当時は、軍人にして法律等を研究すれば、生意気な奴抔《やつなど》と排斥せられる時代でありましたから、少しも研究したる事なきにも係わらず、転科赴任当日より直ちに職務を実行せざるを得ず（当時は憲兵練習所の如きものなし）法規に暗き自分は職務上失敗すること多々ありました。しかして憲兵の大部は憲兵司令官以下、かつて軍事教育を受けざる警視庁より転入の者多く、軍隊出身者は僅少でありました。前述の如く軍隊出身者は法規に暗く、これに反し警視庁出身者は警察務に熟練なるも軍事に暗く、教練等の号令をかけ得る者ほとんどなく……滑稽の観がありました〉（『続・日本之憲兵』（一九一三年発行、

復刻・原書房）に所収。一部を現代表記に直して掲載）

岩井忠正さん　祖父には「秀四郎忠直」という、長い名前がありました。幼名が秀四郎で、元服したときの名前が忠直です。岩井家の男の子は代々、「忠」の一字をつけることになっていたそうです。しかし私のおやじは、元服制度がなくなっていた明治四年の生まれなので、幼名の勘六が終生の名前でした。

ただし、おやじの勘六は、私たち六人の男の子に、忠一、忠秋、忠彦、忠楠といったように忠の一字をつけています。私より二歳下で、末っ子の六男は熊本生まれなので忠熊と名づけられました。おふくろは、クマはないだろうと反対したそうですが、姉たち四人をいれて十番目の子なので、あれこれ考えずとも熊本の熊でいこうと、おやじの一言で決まりました。

父は陸軍士官学校を卒業し、日清・日露戦争に従軍

忠熊さん　父は東京で育ち、軍人志望の少年を養成する成城学校に入ります。前身は文武講習館で「本校は陸軍武学生徒入学の予備学科を教授する」とうたい、高級軍人を輩出したそうです。このあと東京の陸軍幼年学校の門をくぐり、三年で卒業すると、将校を養成する陸軍士官学校へと進みました。一八九三年（明治二十六年）に卒業し、六十一期まで続いた陸士の第四期

生です。

忠正さん　職業軍人となったおやじは、日清戦争に従軍しました。実は祖父も憲兵長として、このとき中国に渡っています。当然のこととして二人は別行動で、おやじは陸軍少尉として威海衛から台湾の攻撃に従軍したそうです。北京に通じる、渤海《ぼっかい》湾の入り口に開かれた軍港が威海衛でした。

忠熊さん　遅れてきた帝国主義国家の日本は外征型の軍隊を強化する一方で、猛然と対外侵略に乗り出していきます。日清戦争を仕掛けたのは、朝鮮に影響力を持つ清国を追い出し、日本が独占的な影響力を確立しようという企図からです。

日本陸軍は鉄道輸送によって動員した兵力を、国内の港湾から朝鮮と清国の上陸地点に送りこみ、遼東半島の旅順と山東半島の威海衛を陥落させることに成功します。日本の軍事的勝利により下関で講和条約が結ばれ、台湾と遼東半島の割譲と賠償金（銀二億両《テール》。当時の銀価格に換算して約三億円で、日本の国家予算の約四倍に相当）の受領が決まりました。

忠正さん　日清戦争のとき祖父は、清の民衆から絹の刺繡《ししゅう》を施した「万民傘《ばんみんがさ》」を贈られたそうです。当時、私たちの家族が住んでいた中国・遼東半島の大連の家に、祖父が清の民衆からいただいたという、大きな「万民傘」がありました。清の時代、地方に赴任して徳政を認められた良吏が離任する際、庶民が感謝をこめて「万民傘」を贈呈したといいます。

――徳政への謝礼に清の庶民が良吏に贈った「万民傘」が、なぜ敵国である日本の、それも憲兵長の忠直さんに贈られたのかといえば、すでに紹介済みの「岩井憲兵中佐談」を読むと察せられます。

〈明治二十七年、日清戦役となるや、自分は第二軍憲兵長として出征しました。敵国人民は至る所、戦々兢々《きゆうきゆう》として堵に安んぜず、其の多数は既に逃走して家にあらず。家財什器《じゆうき》、家の内外に散乱して亦《また》顧みるに遑《いとま》なきものの如し。此際に乗じて軍紀の素養なき軍夫《ぐんぷ》の如きは、財物を掠《かす》めんとする形跡顕然たり。是に於て犯罪を未発に防ぎ……我軍は人民に仇《あだ》する者にあらざる所以を懇諭し、人心を安堵せしむることに努めた。……取締に任ずる憲兵は僅々十名内外に過ぎざるを以て、一時殆んど処置に苦しむ情況でありました〉

――この「岩井憲兵中佐談」に書かれているように、忠直さんは日本の兵隊に厳しく中国の庶民に優しかったのだと思います。だから清の庶民から「万民傘」を贈られたのでしょう。

忠正さん　創生期の憲兵らしいエピソードですね。しかし、私たちが学窓から引き離されて入隊する頃の憲兵は、治安維持法を振りかざして庶民を弾圧する側に回っていました。

忠熊さん　祖父と父が従軍した日清戦争に勝利して、日本列島が戦勝にうかれていたとき、突然、冷や水を浴びせかけられます。日本の中国大陸への進出を警戒したロシアが主導して、ドイツとフランスを加えた「三国干渉」でした。東洋平和のためにも、日本は遼東半島を清国に返還すべきだと物言いをつけてきたのです。ロシアを相手に戦う力のなかった日本は、遼東半島の領有を断念するしかありませんでした。

一方で敗戦した清国は、遼東半島返還の見返りとして銀三千両を加えた計二億三千万両という膨大な償金を、日本に支払うために列強から借金をします。担保としてドイツは膠州湾租借、ロシアは遼東半島租借、イギリスは威海衛及び九龍半島を租借しました。

ロシア主導による「三国干渉」で中国に返還させられた遼東半島を、なんとロシアが租借という名目で領有したのですから、日本の世論は憤激にそまりました。すかさず日本政府は、今は我慢しても必ずや対露復讐を果たすと訴え、報復を忘れまいとした故事から選んだ「臥薪《がしん》嘗胆《しょうたん》」を国是にして、さらなる軍備の拡張を進めたのです。

世論が「臥薪嘗胆」を支持したこともあって、日本は日清戦争で奪えなかった朝鮮の支配権を、ロシアに挑み戦勝することで実現しようとはかります。もっとも当時のロシアは世界一の陸軍国であり、バルチック海や黒海に分散していた海軍力も日本より優勢でした。

そこで、ロシアの南下を懸念するイギリスとの間で日英同盟を結びます。ロシアは露仏同盟で対抗し、シベリア鉄道の建設にフランス資本を導入しました。帝国主義国家間の利害関係を背景としながら、ついに日露戦争に突入します。父に関しては、仙台師団と呼ばれた第一軍第二師団の第三旅団副官として、日露戦争に従軍しました。

日露戦争について、父から直接聞いてはいませんが、惨烈を極めたと戦史に書かれている弓張嶺の夜襲に参加したそうです。このとき日露開戦から半年がたち、砲兵は弾丸不足に悩んでいました。日本陸軍は、満州（中国東北部）南部の遼陽会戦にあたり、夜襲を決めます。夜襲は文字どおり夜陰にまぎれて、ロシア軍陣地に銃剣と軍刀で迫る白兵戦でした。

一九〇四年八月二十六日深夜、第二師団は正面にそびえる弓張嶺を越えます。敵味方を識別するため左腕には白布を巻いたといいます。旅順会戦は十二月五日に二〇三高地・爾霊山を奪って辛勝しました。翌年の五月、海軍はロシアの誇るバルチック艦隊を破るものの、陸軍に大会戦を続ける余力はありません。

第一次ロシア革命が起きたのを奇貨として、日本政府は講和に向けて動き出します。ロシアの支配層は、日本軍との決戦よりも国内の革命を鎮圧するほうが重要だと考えたので、日本の勝利は偶然でした。

アメリカの仲介により、ポーツマス講和会議が一九〇五年九月に開かれ、日本はロシアが満州に持っていた利権（南満州鉄道と遼東半島の旅順・大連の租借）と南サハリン（樺太）の割譲を獲得します。さらに一九一〇年には韓国の併合を強行し、日本は朝鮮総督府を設けて公然と植民地支配を行うようになりました。

忠正さん　おやじは日清戦争や日露戦争で、自分が体験した戦争の話はしませんでした。だから、私はまったく戦争について、おやじから聞いたことがありません。それでも当時、出版されていた本や戦記漫画を読んでは、子どもながらに総司令官や参謀総長の名前を知っていました。

忠熊さん　父が亡くなって母から聞いたのは、日露戦争から帰還したとき父は、子どもだけは軍人にしたくないと言ったそうです。父は戦功で勲章をもらっても、大勢の死傷者を目にしたはずなので、軍人は勧めるものではない、志願してなるものだ——と思い至ったのかもしれません。事実、軍人は息子を軍人にしたがると聞きますが、私を含めて岩井家の六人の男の子に対して父は、進路や生き方に関していっさいの干渉もしていません。だから六人とも、軍人にはなりませんでした。

——ところで、「軍人の家」で十人の子どもを育てるなど大家族を陰で支えたのは、母親の存

在が大きかったと察せられます。末っ子の忠熊さんに、母について語っていただけますか。

忠熊さん　母しづは明治十二年（一八七九年）に、司法官をしていた旧米沢藩士、若林知次の次女として生まれました。知次の勤務で秋田に行き、そこで小学校にあがったときは、維新政府と戦った米沢藩士の娘なので「朝敵！　朝敵！」とからかわれたそうです。秋田女子師範学校では、後に著名な歌手になった東海林太郎の母親と学友だったそうで、大連に移住してからも交遊が続いていました。

母が秋田女子師範学校に在学中、米沢の実家から「ハハビョウキスグカエレ」と電報が届きました。人力車で駆けつけたところ、なんと嘘の電報だったのです。縁談がまとまったので結婚しなさい、と唐突に指示されたのでした。結婚は親が決めるのが当時としては一般的だったとはいえ、母にしたら中途退学をしなければなりません。

女子師範を卒業したかった、電報のだまし打ちはひどい――と後に母がこぼしていたのを聞いたことがあります。そんな母でしたが、いわゆる教育ママになることはなく、私の成績はもちろん学校生活のことで、母が口を挟むことは一切なかったです。子どもは健康であれば、それで十分だという主義でした。十人の子どもを健康優良児に育てたということで、母は戦時中に厚生大臣表彰を受けています。

なんといっても職業軍人には転勤がつきもので、北海道の旭川から九州の熊本への移動は大変だったようです。母の話だと、父がひと足先に熊本に赴き、母は祖父母や姉や兄らの大家族を引き連れて、九州まで行きました。大正時代のことですから、途中で何泊かして、やっとたどり着いたのです。

軍人の父ですが、子どもたちを厳しく叱ったり、怒鳴ることはありませんでした。かといって甘やかされたわけではなく、万事、母が心得ていて、間に入ってうまくやってくれたのだと思います。

関東軍に関係する人物が出入り

――そこで、お二人が中学時代までを過ごした大連時代の記憶をたどっていただけますか。

忠熊さん　私たちが育った地域には、聖徳街と呼ばれる日本人の住宅街があり、丘の上には聖徳太子堂が建っていました。近くの大連放送局（ＪＱＡＫ）はモダンな建物で、屋上から市街を眺めたこともあります。

聖徳小学校は、私の家から歩いて十分足らずの距離でした。当時の大連の小学校では、国定教科書を使って本土と同じ授業をしています。四十人ほどのクラスには、中国人の子どもが一人か二人いましたが、日本語が上手でした。国定教科書には、見たことがない祖国日本の田園風景や着物姿の児童の絵などが載っていました。高粱《モロコシ》畑や中国服を着た児童を見慣れているので、多少の違和感を覚えたものです。

市電に二十分ほど乗ると、星ヶ浦海水浴場に着きます。夏休みには定期券を買って、この海水浴場に通いました。私は運動神経が鈍いほうですが、自己流ながら何時間でも平気で泳げます。後々のことですが、特攻に向かう途中、米軍の魚雷に輸送船を沈められたとき、泳ぎ切って命拾いをしたのは、小学生の頃に水泳をやったおかげでしょう。

大連の冬は、スケート遊びでした。真冬の地面に、水道の水をホースでまくと、たちまち氷が張ります。急ごしらえのスケートリンクができると、革靴の底に座金を取り付けて滑りました。体育の時間もスケートだったので、ごく自然にスケートができるようになったのです。

――父親の勘六さんは退官されても「閣下」と呼ばれていたそうですが、大連でも目立って大きい「軍人の家」を訪れた人たちのなかで、記憶に残っている名前はありますか。

忠熊さん　元憲兵大尉の甘粕正彦が訪ねてきたのは、一九二七年（昭和二年）でした。甘粕は関東大震災に乗じて、無政府主義者の大杉栄と妻ら三人を殺害したとして、懲役十年の判決を下されました。ところが前年の一九二六年秋に、懲役二年十月で釈放されます。

甘粕は釈放されてからも、新聞記者に追いかけられたようです。パリに向かう途中、大連のヤマトホテルにたどり着いたものの、無政府主義者による報復を警戒していたとみられ、思うように外出できる状態にありませんでした。そこでホテルの裏門につけた車に乗って、身を隠した場所が私の家です。大家族が住んだ私の家は相当に広く、各部屋にラジエーターの付いた温水暖房施設があったほどです。

私は幼少だったので、家族からの語り伝えで、甘粕について知っているにすぎません。甘粕は宮城県生まれですが、彼の父春吉は米沢藩の藩士から宮城県警の警部になっています。つまり甘粕は米沢藩士の家系で、縁者も多かったようなので、米沢藩がルーツの父と馴染みだったかもしれません。ですが甘粕が私の家に来たのは、元軍人の父が憲兵隊か特務機関の工作に協力したというのが真相ではないかと私はみています。

甘粕は私の家を経由して、当時、関東軍司令部のあった旅順に逃げこみました。世間とのかかわりを絶ってから、そうしてフランスに向かったのです。甘粕はフランスに一年半ほど滞在して、南満州鉄道（満鉄）に就職しました。傀儡の「満州国」をつくるにあたって甘粕は、宣統帝・溥儀《ふぎ》を天津から脱出させるなど、なにかと陸軍の謀略に加担し、満州国の成立後は「陰の帝王」とささやかれていました。さらに甘粕は、満州映画協会（満映）の理事長も務めています。

実は川島芳子も、わが家に来ていました。芳子は清朝の皇族粛親王の第十四王女で、六歳のときに大陸浪人（国家主義者が多く、中国大陸で財閥や軍部と接触して活動した日本人）の川島浪速の養女となっています。当時の大連市街地図を見ましたら、実父の別邸があり、養父も同じ町内に住んでいました。

わが家に来たのは「男装の麗人」の頃で、女スパイ「東洋のマタ・ハリ」と言われる以前だと思います。彼女は袴をはいていました。茶道のお師匠さんが、次姉と同じだったので、そこで出会ったそうです。姉たちは騒いでいたのですが、私は幼かったので、普通の人とはちがうなという程度の印象でした。川島芳子が関東軍の陰謀に協力して、第一次上海事変（一九三二年一月）を引き起こすための暴動工作に当たるのは、この後のことです。

〈上海事変　1・18　日本山妙法寺僧侶ら五人が上海共同租界外の楊樹浦を托鉢中、青竜刀をもつ数十人の中国人に襲われ、一人死亡、二人重傷（戦後、満州から国際的な目をそらすため陸軍特務機関田中隆吉少佐が機密費二万円を川島芳子に渡し、中国人を雇ったと判明）　1・28　海軍陸戦隊九百人が行動開始〉（毎日新聞社『昭和史全記録』）

関東軍から早朝にかかってきた電話

忠正さん　私が大連の聖徳小学校五年のときに、満州事変（一九三一年九月）が勃発しました。私は両親と同じ部屋に寝ていたのですが、まだ夜が明けきっていない早朝に、突然電話がかかってきたのです。

おふくろが飛び起きて二言か三言しゃべってから、すぐ戻ってきまして「お父さん、関東軍から」と言ったような記憶が残っています。おやじは電話口に出て、やはり二言か三言話して、はっきりとこう口にしました。

「そうか、やったか、しめた」

私は戻ってきたおやじに、「何が起きたの?」と聞いたら、「支那軍との間に戦争が始まった」と言うのです。まだ子どもなので、「どっちが勝ってるの?」と訊ねたら、おやじはこう答えました。

「もちろん、日本が勝っている。ひと安心した」

当時は、柳条湖近くを走る日本の満鉄線路を、中国軍が爆破したのはけしからん——というわけで関東軍が軍事行動を起こしたとのことでした。それなのに、おやじは「やったか、しめた」と言ったのです。子どもとはいえ、この文言はすんなり理解できるものではありません。中国軍に線路を爆破されたというのに、「やったか、しめた」はないだろうと思いました。

中学生になった頃に、大人たちの間から「あれは関東軍がやったそうだよ」とささやく声が耳に入るようになりました。このひそひそ話を聞いて、私は納得できたのです。最初から線路を爆破させる計画があって、それが狙い通りにいったので、おやじは「やったか、しめた」と言ったにちがいないでしょう。

忠熊さん　柳条湖事件は日本軍による謀略だと、私が初めて耳にしたのは、旧制姫路高校に進学するため本土に向かう船中でした。得意げに「ここだけの話だが」と、情報通が誇らしげに話していたのを耳にしたのです。

忠正さん　後々に知ったことですが、満州事変は関東軍高級参謀の板垣征四郎と作戦主任参謀の石原莞爾が仕組んだ謀略でした。実は石原莞爾はおやじと同郷の山形県出身のうえ、おやじが仙台陸軍地方幼年学校の教官（高級生徒監）をしていたときの教え子（第六期生）だそうです。だから石原は、大連のうちの家にも来たことがあるはずですよ。石原あたりから、関東軍に謀略計画のあることを、おやじは聞いていたにちがいない、そう思いますね。

〈生徒監には、高級生徒監に大越兼吉、岩井勘六の二大尉、生徒監に、渡辺勇……の五中尉の七人を迎送した……岩井生徒監は、明朗にして常に活気に溢れた訓育をされ、生徒は生々とした感じをもったのである。少将に栄進されたのち、軍職を去り大連に居住し、同地の在郷軍人分会々長として徳望高く、会員の尊敬を受けた〉（松下芳男著『山紫に水清き　仙台陸軍幼年学校史』仙幼会発行）

在郷軍人が治安維持活動に従事

忠熊さん　満州事変の発端となる柳条湖事件は、蔣介石の国民政府軍（革命軍）と手を結んで日本の勢力を駆逐《くちく》しようと企んだ張学良軍を満州から追放して、満州全体を日本の影響下に置くために起こした日本軍の謀略です。革命軍の影響を満州に及ぼさせないために、関東軍は日本人が多く居留する付属地を離れてまで戦場に向かったのです。

柳条湖事件が起きてから父は、それまで組織づくりに懸命だった在郷軍人会の出番がきたとばかりに、文字通り東奔西走の日々となり、家に長くいることはありませんでした。そもそも関東軍は、満鉄とその付属地と関東州を守るために置かれた兵力です。だからその本来の任務をこえて、満州各地で軍事行動をするだけの武力は保持していません。柳条湖事件で関東軍が付属地から離れたあとの穴埋めをしたのが、居留民の在郷軍人たちです。

父はこの在郷軍人会を組織して、こうした事態に備えて訓練していたと思います。だから柳条湖事件による満州事変の勃発と同時に、背広姿の在郷軍人が銃を持って、付属地の守備にあたりました。一九三一年の「関東軍職員表」に、退官した父が軍司令部付として嘱託に名を連ねています。

――在郷軍人の「活動報告資料」があります。「満州事情と在満会員」のタイトルで、岩井勘六さんが「大連市連合分会長　陸軍少将」として、『戦友　260号』（帝国在郷軍人会本部機関誌）に寄せたものです。一九三二年（昭和七年）二月の日付で、次のように書かれました。

〈当時に於ける沿線各地には、独立守備隊が若干ずつ居りましたが、兵力の移動に依って殆どガラ空きになる場合が出来る、その時代わって警備に当たったのが在郷軍人であります。殊に奉天の如きは事変発端の地元で、従来幾回となく警備に就いて居ります。（中略）方々《ほうぼう》視て歩きましたが、至る処、在郷軍人が武装して警備して居りました。で、どの停車場へ行っても独立守備の兵隊は極めて少数で、背広を着た先生が武器を持って立って居ると云う有様でした。長春では突然多数の死傷者が出来ましたが、軍隊は之を処置する機関を有しないので、殆ど少年団学校生徒、居留民の協力でやったのです〉（藤原彰・功刀俊洋編『資料日本現代史8』大月書店に所収）

忠熊さん　満州事変では朝鮮駐留の朝鮮軍の増援に続いて、内地から師団の追送が実現したことで、在郷軍人の出番はなくなりました。しかし、謀略の成功を狙ったわずかの期間ながら、在郷軍人の活動は必須だったと思われます。だから父は退官の身でありながら、関東軍司令部付の嘱託まで務めたのでしょう。論功行賞にあずかり、金杯を授与されています。このように父の経歴を書き連ねると、正直なところ身が縮まる思いが致します。

――昭和の「十五年戦争」の発端となる満州事変の渦中にあった大連の小学生時代ですが、戦争にまつわる学校行事などはあったのでしょうか。

忠正さん　小学校の戦跡見学では、旅順とかに汽車に乗って行ったものです。日露戦争の戦跡を見学して歩いていると、コンクリート製の要塞が砲弾で撃ち壊された跡などが目に飛びこんできました。谷みたいな場所で、すごい激戦がありましたと説明を受け、小石に見えたのが実は人骨の破片だったのです。ロシア人か日本人かわからなかったけれども、拾った骨を仏壇の中に置いた覚えがあります。

忠熊さん　小学五年の修学旅行（奉天―撫順―湯崗子）では、柳条湖事件の現場に行きました。「鉄道爆破地点」でガイドさんが、張学良軍のひどさを「暴戻《ぼうれい》」（道理に反する残虐な行為）という言葉を使って説明しています。

忠正さん　あの頃は、ずいぶん勇ましい話ばかり聞かされたものです。少年漫画の戦記ものもよく読みました。勇ましくて面白い。だけど、いくらなんでもウソっぽいんじゃないの、これってホントなの――といった疑問もわきましたね。

忠熊さん　小学校の高学年になると、「満州国」の各地に住んでいた姉や義兄を訪ねて回りました。ちなみに私の兄や姉のことについても、簡単に話しておきましょう。

長兄は金融恐慌と不況の折に京都大学法学部を卒業しますが、本土に就職はなく、ボルネオ島（東南アジア・マレー諸島の最大の島）のゴム園に職を求めました。私の生まれる前に結婚していた長姉の夫が、このゴム園に勤めていた縁だったのでしょう。奈良県の面積より広大なゴム園で、住友系の経営です。次兄は満鉄（南満州鉄道）社員でした。次姉は満鉄社員と結婚しますが、後に夫（義兄）は「満州国」官吏に転じました。三姉は関東軍勤務の将校と、四姉は「満州国」官吏と結婚します。つまるところ私の兄姉とその連れ合いは、大日本帝国の「海外発展」の一翼で生活を営んでいたのです。

次姉に会いに遼陽に遊びに行ったのが、姉や義兄を訪ね歩く最初だったと思います。次姉の夫は、このとき満鉄付属地の市役所にあたる地方事務所長をしていました。私が次姉を訪ねたときの遼陽には、旧市街地の外に付属地があって、その付属地の中に満州駐屯の師団司令部と歩兵連隊の兵舎、そして領事館と地方事務所などが建っていました。こうして治外法権に守られた付属地に、植民地の支配者である日本人専用の住宅街が出現していたのです。付属地の外側が、中国人の居住地区でした。

満州事変が起きると、満鉄の遼陽駅は駅員が武装するようになり、警備兵が列車を巡回していました。関東軍の主力部隊が出動した兵舎には、留守番の兵士がいるだけだと聞きました。そこにサイレンが鳴り、「馬賊《ばぞく》襲来」の合図を告げられます。二度続けて鳴れば「避難」です。そのときは幸い一度だけでしたが、遠くで機関銃の銃声が聞こえ、やがてその音がやんでから警報が解除されました。

馬賊といっても「抗日義勇軍」あるいは「ゲリラ隊」だったのでしょう。こうした「警報事件」は日常的で、付属地の日本人は慣れているようでした。

一大兵站基地に様変わりした大連

――お二人は、小学生のときに大連で満州事変に遭遇してからは、ずっと戦時下で過ごされました。傀儡の「満州国」が中国東北部にできてからも、遼東半島の関東州は日本の租借地に変わりはなく、だから大連の行政も従来通りですが、お二人の中学時代は戦争色が濃くなったと推察されます。

忠熊さん　大連のあった関東州では、朝鮮銀行券の紙幣と日本の硬貨が流通していました。日本銀行券は使われていません。形式的ながら税関を通って「満州国」に入ると、満州国中央銀行券の紙幣と、「満州国」の硬貨が主として使われました。関東州と「満州国」の通貨は交換可能で、互いに流通しています。

ところで大連の中学には、独自の入学制度がありました。官立の一中と二中と大連市立の大連中学が合同で選抜試験を行って、合格者を各中学校に配分するのです。かつて兄弟の在籍した実績があれば、その中学に入学させました。官立と呼ばれたのは、拓務省（植民地行政を統轄した中央官庁。一九四二年に大東亜省が設置されてから廃止）の管轄だったからでしょう。

私の場合、三人の兄がいずれも大連第二中学校に学んだので、その縁で二中に入ることになりました。大連二中は関東州庁舎や関東地方法院のあった広場に面しており、赤レンガの二階建て校舎です。二重窓で蒸気暖房の設備が整っていましたが、この時代なのでトイレは汲み取りでした。

私の楽しみな散歩コースは大連の埠頭でしたが、戦時体制になると立ち入りが制限されるなど、警戒が厳しくなります。大連は一大兵站《へいたん》基地の様相を呈していました。軍事作戦を進めるにあたり、交通路から軍需品の整備、食料の補給など従事するのが、兵站という任務です。

忠正さん　日本軍の大集団は大連を経て戦地に向かいました。本土から満州に直接派遣されたり、華中から華北や満州に転戦してもいます。大連で船を乗り換えるとき、宿舎不足のため日本人の民家に分宿するようになりました。私の家は大きかったし、おやじが退役軍人だったので、連隊本部などの宿舎に割りあてられることが多かったようです。

連隊本部が宿泊するときは、二階の座敷の床の間に軍旗が置かれていました。二階にあがる階段に見慣れない赤い絨毯が敷かれていたのには、子ども心にも驚きました。また正門には歩《ほ》哨《しょう》が立ち、玄関横の温室内で衛兵がたむろしているので、私たち子どもは裏門から出入りしたものです。お袋や姉たちは、手作りのご馳走を振る舞っていました。

忠熊さん　その頃のことで、母から話を聞いて、記憶に残っている連隊長が二人います。
南京攻略戦に参戦した歩兵連隊が徐州作戦のため華北に回されることになり、連隊本部が私の家に宿泊しました。連隊長が母に打ち明けたのは、南京で捕虜の処置に困ったとき、貨車に押しこみ石油をかけて焼き殺したというのです。私は母から聞いて、強いショックを受けました。

上海から南京に向けて中国軍を急追撃する過程で、兵站補給が間に合わなかったため、日本軍による食料などの略奪が横行し、抵抗する中国人民は殺されました。日本軍は中国の人民まで敵に回して、戦うことになったのです。南京虐殺事件は、そうした事情のもとで起きました。日本の歴史学会では、虐殺数は約十数万人以上という説が有力です。

もう一人の連隊長は、酔っぱらって軍帽を紛失したのです。わが家に宿泊して、これから出征というのに軍帽がないのですから、母は縁起が悪いと大変気にしていました。この連隊長はノモンハン事件（一九三九年）で戦死したそうです。

忘れることのできない傷害事件が、私の身辺で起きたのも中学生のときです。一九三七年十二月に、南京陥落を祝う旗行列がありました。この種の行事には、全中学生が教師に引率されて参加させられたものです。

その事件は、旗行列の解散地点になっていた大連神社で起きました。昂奮した中国人の青年が鉈《なた》を振りかざして、軍服姿の在郷軍人会連合分会の副会長にケガを負わせたのです。実は解散地点で「万歳」を受ける役は、会長の父があたるはずでした。父が旅行に出ていたため、代理役の人が襲撃されたのです。帰宅した父が電話で、見舞いの言葉を述べていたのを覚えています。

鉈を振るった中国青年にとって南京攻略祝賀行列は、よほど腹がたったにちがいありません。彼のナショナリスティックな感情は、私にもわかる気はしたものの中学生の私は深く掘り下げて考えようとしませんでした。「南京陥落祝賀」の旗行列はもとより、野外教練でラッパを吹き鳴らして中国人の居住地域を行進するなど、中国人の良心に苦痛を与える数々のことが当然のように強行されたのです。

そういえば中学生の頃、なにかぶざまなことをやってしまうと、教師から「おまえたちはまるで苦力《クーリー》のようだ」と叱られました。「苦力」は中国人の肉体労働者の呼称ですが、当時の日本人社会では最大の侮蔑語だったのです。山東省からの出稼ぎ労働者が多く、「満州国」ができてからも彼らは人間扱いされない低賃金労働を強いられました。植民地の支配民族は個人としていくら善意に振る舞っても、このような根本的な差別実態があるかぎり、ひとくくりでみられてしまったのです。

忠正さん　日本の植民地だった大連で育ったので、私を含めて日本人が中国人に対していかに優越的な地位にあるかを知っていました。「満州国」などというものをつくったが、つくったのは日本人で中国人ではない、しかも「満州国」を取り仕切っているのも日本人だということは誰でも知るところです。

忠熊さん　盧溝橋事件（一九三七年七月）が起きて間もなくしてから、中学生も勤労奉仕に駆り出されました。ナチス・ドイツの「アルバイトディーンスト」の翻訳を、そのまま模倣しただけです。はじめは夏休みの数日を使って、道路づくりや校庭の片隅で畑づくりをするとか、さほど必要とも思えない作業でした。姫路では近隣の農村に収穫の手伝いに行ったこともあります。

ところが日米開戦から後になると、回数が増えただけでなく、軍需工場で兵器の生産を手伝うようになりました。といっても学業を中断して、長期間にわたって缶詰にされることはありません。そうした羽目に遭うのは、私たちが兵営に入った後の学徒からです。私たちの頃は「勤労奉仕」と称しており、何回か欠席すると進級できないという建前でした。だから欠席回数を数えながら、適当にサボタージュできたのです。
いずれにせよ、学生生活は面白くなくなる一方でした。それでも当時の社会では、学生がもっとも自由を楽しめたのではないでしょうか。

「満州国」の治安目的に華北を軍事工作

忠熊さん　その頃、奉天（瀋陽）、新京（長春）、哈爾浜（ハルビン）など満州各地を旅行しました。帝政時代からロシア人の街として発展したハルビンは当時の名残があり、駅を中心とする一帯には大きなロシア人街がありました。
旅行中にあっても、日本軍が中国人を虐殺したという平頂山事件（一九三二年九月）のことなど、まったく耳にしていません。厳重な軍事機密にされ、在住日本人にも隠されていたのでしょう。

〈撫順の虐殺　9・15　反満抗日ゲリラ、（満鉄の経営する）撫順炭鉱を襲撃、放火。日本人職員六、七人殺害（楊柏堡事件）　9・16日　日本軍の撫順守備部隊はゲリラが出撃した楊柏堡村近くの平頂山部落を包囲し抗日ゲリラをかくまったとして全住民を集め機関銃で掃射殺害、死体には油をかけて焼き、ダイナマイトで崖を崩して土石の下に埋める。犠牲者は四百人から三

千人まで諸説（平頂山事件）〉

〈こうして、平頂山という一つの部落が人家もろとも抹殺された。住民のなかで逃げることのできたのは一〇名そこそこであったといわれる。日本の承認によって満州国は国家としてともかくも認知されたものとしよう。その満州国の国家としての歴史の第一日は、世界史上でも有数の――敗戦後まで日本国民には秘密とされた――この大虐殺の血にまみれていたのである〉

（江口圭一著『昭和の歴史4』小学館文庫）

私は、平頂山事件のことなど知らずに旅行を続けながらも、日本軍の策動が「満州国」をこえて華北一帯に進んでいるのは察知できました。「満州国」の治安確保を理由に、華北五省（河北、山東、山西、チャハル、綏遠《すいえん》）を国民政府の支配から切り離し、日本の勢力下に置こうという計略を強引に進めたのです。関東軍には、中国本土からのナショナリズムを「満州国」に及ばせたくないとの魂胆がありました。

華北における日本の拠点は天津です。日本租界があって、そこに支那駐屯軍司令部が置かれていたので、かなりの数の日本人が住んでいました。日本の華北工作が進むにつれて、親が華北に移った級友も出始めます。このような日本の対中国政策が、中国人民の抗日意識を高め、国共統一戦線を実現していく機縁となったのも当然でしょう。

本土の高校、大学に進学

——当時の関東州には高等教育の学校もそろっていましたが、お二人は大連二中を卒業すると、本土の学校に進学されます。

忠熊さん　大連の中学に学んだ者にとって第一の進学先は、難関といわれた奉天（瀋陽）の満州医科大学、旅順工科大学（予科を含む）、旅順高等学校（旧制）、それに「満州国」の教育制度による建国大学（前期三年）でした。第二の進路が本土の学校となりますが、最終的な目標が帝国大学であれば、どの高等学校に進んでもよかったのです。

私にとってたやすいのは、中学卒業時に開校した旅順高等学校に入ることです。だが私は、日本の本土を見てみたかったのと、長姉が神戸の郊外に住んでいたので、姫路高等学校（旧制）を志望しました。

一九四〇年（昭和十五年）の二月上旬、私は受験のため海を渡りました。大連—門司—神戸を結ぶ大連航路は、門司までが二泊三日、神戸に着くまでに三泊四日を要する長旅です。この受験時期に、父が所用で本土に滞在中だったので、何を思ったか、私を宝塚少女歌劇に連れて行ってくれました。中学の規則で自由に映画を観ることもできなかったので、むやみに感動した記憶があります。
結局、入学試験は失敗して浪人をすることになりました。このあと私は上京します。東京でいちど生活をしてみたいと思ったからですが、そうした家計事情にも恵まれ、兄の忠正が慶應大学に在学中だったので、一緒に下宿すればいいだろうという考えでした。

忠正さん 大連二中から一年浪人して慶應大学の法学部政治学予科に入ったのですが、浪人時代は充実していたというか、貴重なときを過ごせました。というのも大連の中学時代は、映画館に自由に行けなかったのです。一年に一回か二回ほど「学生映画の日」があって、決まった時間に決まった映画を観ることができたにすぎません。ところが東京に出てきてからは、自由に映画館に行けたので、浪人しながら映画を観まくる日々でした。

忠熊さん 浪人中とはいえ、東京生活は自由気ままでした。映画を観たり、おもな博物館を見て回り、受験勉強は苦手の数学に取り組んだ記憶があるくらいです。
呆然とさせられたのは、十二月に発表された旧制高校の入試科目です。なんと英語がなかったのです。この一九四〇年という年が「紀元二六〇〇年祝典」にあたっていたため、国粋主義の高揚から英語を受験科目から外したとみています。おそらく旧制高等学校の歴史でも一度だけの例外ではないでしょうか。

英語がなくなったので、結果的に数学の比重が高まることになり、これには参りました。それでも高等学校全国統一入試の数学の問題がうまいこと解けまして、姫路高等学校文科乙類（第一外国語ドイツ語）に合格できたのです。

忠正さん　東京では邦画の封切り館の値段が、当時としては五十銭と高かったので、めったに行けません。しかし駅の近くには、古い映画を上映している名画館があって、そこは十銭とか二十銭なので、映画好きの私は「はしご」をしたものです。この名画館で上映されるのはほとんど洋画で、ヨーロッパやアメリカの映画から、ものの考え方が日本人と違うことを教えられました。洋画を通じて、物事を客観的にみる習慣ができたように思います。

「関特演」によりインターハイが中止

忠熊さん　旧制の姫路高校では「部活動」をすることになっていて、私は弓道部に入りました。運動神経が鈍いほうなので、未経験者が多い弓道部だと横並びでいけるだろうと考えたにすぎません。それでも放課後に二時間をこえる練習は厳しく、私も熱を入れて時には試合に出られるほどの腕前になりました。

当時のインターハイは毎年七月に東京か京都を会場にして行われ、私たち高校生は幟《のぼり》をおしたてて会場入りするのです。宿舎には「姫路高等学校弓道部」の大きな看板が掲げられ、大いに気勢をあげたものです。ところが一九四一年七月に文部省から突然通達があり、インターハイが中止になったのです。インターハイの出場を目前に控えて合宿をしていたので、あのときの驚きと失望は今でも忘れていません。

インターハイが中止になった理由は、全国各地の高等学校から汽車に乗って生徒たちが集まるのは、時局の重大な折からして喫緊の輸送妨害になるというのです。「時局緊迫の折柄、不要不急の旅行を抑制」するということでした。

結局、合宿は中止となったのですが、戦後になって「関特演」（関東軍特種大演習）があったことがわかりました。七月二日の御前会議は「情勢の推移に伴う帝国国策要綱」を極秘に決定していたのです。その一条は〈独「ソ」戦争の推移、帝国の為、有利に進展せば、武力を行使して北方問題を解決し、北辺の安定を確保す〉とのことでした。独ソ戦の戦局が有利に展開した場合、ソ連を相手に開戦すべく大量の兵力と軍事物資を、「関特演」の名目で満州へ移動させていたのです。

そういえばと思い当たったのは、陸軍第一〇師団の所在地だった姫路の市街や鉄道の駅には、明らかに召集されたとわかる人たちが目立ちはじめていました。空前の大動員のために国鉄の駅という駅は、応召者と見送り人で混雑し、兵士や軍需品を満載した列車が次々に通過していったのです。

対ソ戦を視野に入れた、この大動員により満州北部に約七十万の兵力が集められました。日本中の鉄道は軍事輸送のためにあてられ、インターハイに出場する学生は排除されましたが、私たち学生は緊迫の度を強めていた情勢について語り合っていません。あずかり知らぬうちに、見知らぬ人たちによって、秘密のうちに軍事行動が決定されることに、なんの疑問も持っていなかったのです。私たちは決定の枠組みを選択できませんでした。

「満州国」に見られた差別と支配

忠熊さん　夏休みに行われるインターハイが中止になり、弓道部の合宿が解散になると、私は神戸から船に乗って大連に帰省しました。大連に上陸して目に入ったのは、埠頭から列をなして進む召集兵の集団です。軍服さえ与えられず、応召されたときの私服を身にまとっていました。その後、あの人たちはいかなる運命をたどったのだろうか、と今でも感懐にふけることがあります。

大連の自宅には数日いただけで、すぐに「新京」（長春）に向かいました。「満州国」の国務院総務庁文書科長を務めていた義兄（四番目の姉の夫）に勧められて、国務院文庫の整理を手伝うことになったのです。高校生は私を含めて数人くらいだったと思います。新京商業学校の生徒がかなりいました。

国務院文庫は現在の国立公文書館にある「内閣文庫」に相当するのですが、未整理だったので東京上野の帝国図書館から指導員の専門家を招いていました。私のアルバイトは、指示にしたがって洋書の目録をつくりました。驚いたのは、日本国内で発禁になっている書物が並んでいたことです。漢籍やロシア語の貴重な文献があったかもしれませんが、私にはそれを見つけ出すほどの教養はありませんでした。

そんなわけで夏休みの四週間は、義兄の官舎から歩いて壮大な国務院の庁舎に通ったのです。国務院には形式的ながら、宣統帝溥儀の「玉座」をつくっていました。国務院総理の部屋もありましたが、ほとんど登庁していません。「満州国」の国務を実質的に握っていたのは国務院総務長官で、この役職には必ず日本人の官僚が就いています。一言でいえば国務院のなかは日本語空間で、少数の中国人は日本語で話をしていました。

「満州国」は漢族・満州族・蒙古族・朝鮮族・日本人の「五族協和」と「王道楽土」をスローガンに掲げましたが、私が目にした実態とはちがいます。国務院は圧倒的に日本人官吏が多いうえ、中国人官吏に比べて俸給も高かった。また食料の配給にしても日本人に白米、中国人に高粱、朝鮮人に白米と高粱を半々ずつといったように差別しています。「満州国」はまぎれもなく傀儡国家で、日本の帝国主義支配下にあるというのが、その実態でした。

映画にまつわる、私の体験を話しましょう。「五族協和」の思想をひろめるために協和会という、思想強化団体がありました。「新京」の協和会会館で私が観た映画は、ベルリンオリンピックの『民族の祭典』でした。画面に日本人選手が登場すると、暗い会場のあちこちから「チェッ」「チェッ」と舌打ちするような、不快感をあらわにした声が飛び交うのです。

ところがマラソンで優勝した朝鮮人の孫基禎選手が登場すると、文字通り万雷の拍手がわきました。アメリカの選手にも熱い拍手が送られます。このことは日本への反感と、差別される者同士の連帯感情ではないか——と思わずにはいられませんでした。しかも、私がいたのは民族協和を推進する協和会館ですから、私も感情が揺さぶられました。

忠正さん　もともとは日本が、中国を侵略したことから始まっているのです。他国の領土に居座りながら、「満州は日本の生命線だ」などと主人面をするのはおかしいでしょう。満州を守るための日中戦争など一方的な言い分だし、これは明らかに侵略戦争である——と浪人生活中から気づいていました。

忠熊さん　旧制の姫路高校に在学中、実家の大連との行き来は大連航路を利用しました。乗船中に必ず水上警察の取り調べを受けます。たいがいは最初の寄港地の門司であり、終着地の大連で行われました。

あらかじめ申告書に、本籍地・住所・姓名・職業・旅行目的・行先・所持金などを記入して三等船室に座っていますと、数人の私服警官がやってきます。申告書を見ながら、個別に質問するのですが、なかには荷物を検査される乗客もいました。学生だと持っている書物や日記を調べられます。学生仲間では、『中央公論』を持っていると引っかかる、と言われていました。

ひととおりの尋問が終わると、ボーイさんが名前を呼び、呼ばれた者は二等食堂に行かねばなりません。そこでは警官が机の前で待ち構え、さきほどの調査でチェックした人物を綿密に尋問するのです。

たとえば『中央公論』を持っている者に対してはマニュアルがあったのでしょうか、必ず掲載論文の感想を求めていました。一部の学生には問答集マニュアルが回っていたみたいで、「買っただけで、まだ読んでいません」と答えています。『中央公論』は書店でたやすく手に入っていたのですから、私は意味のない尋問だと思っていました。

実は大連の実家には、兄たちが読んだ書物がたくさん残っていました。エンゲルスをはじめ持っていたら尋問されそうな書物もあり、私は本土に持ち出していません。

航路だけでなく、朝鮮半島経由の列車ルートも使いましたが、今でも血の凍るような思い出があります。私服警官が車内を見回り、船内と同様の検査と尋問をするのですが、質問はすべて日本語で、朝鮮人の乗客も日本語で答えさせていました。

向かいの席に上等の洋服をきた朝鮮人の老紳士が座っていたのですが、あまりに粗暴な警官の態度に反感をいだいたのか、本当に日本語を話せなかったのか、ともかく老紳士は質問がわからないふりをしていました。すると警官はいきなり叫ぶのです。

「内地語も知らないくせに、偉そうに背広なんか着るな」

警官は老紳士を何度か殴りつけたうえで、朝鮮語をまくしたてて尋問をはじめるのです。列車内は朝鮮人と内地人が半々くらいだったと思いますが、車内の空気は凍りつき、私は冷や水を浴びたような気分に陥りました。

関釜連絡船に通じる下関の長い連絡橋では、私服警官が朝鮮人学生を見つけると必ず尋問しました。日本の植民地支配は朝鮮によいこともしたという意見に、私が到底納得できないのは、こうした差別と蔑視の行為を実際に見聞きしているからです。

忠正さん　そういえばと思い出すのですが、おやじの持ち物に『戦旗』という雑誌がありました。戦争の本かもしれないと表紙を見ていたら、上の兄から「こんな本を持っていたら、捕まるぞ」と忠告されたので手にしていません。後にプロレタリアの本だとわかり、おやじはなぜ持っていたのかと考えるに、これは治安維持法で捕まえた者から押収した雑誌で、関東軍か憲兵がこんな思想の者もいると、おやじに伝えたくて送ってきたのだと察しました。

――現場には真実がある、と事件取材で教えられましたが、占領地という「現場」で育ったお二人の証言から、植民地支配の本質を知ることができました。こうした「負の歴史」を直視することは、決して「反日」ではなく「反省」ではないか、と思い至った次第です。

第四章　二等水兵からの軍隊生活

「修正」という名の暴力制裁

——徴兵猶予の停止によって、全国から一斉に召集された学徒は一九四三年十二月に、陸軍か海軍への入隊を命じられました。海軍入りの決まった岩井忠正さんと忠熊さんは横須賀第二海兵団で、約六千人の学徒兵と一緒に二等水兵として新兵教育を受けます。出身大学別に分隊編成されたので、お二人は別々の分隊でした。分隊は二百数十名から成り、さらに二十人ほどの教班に分割されています。ともあれ、お二人は大学から異質の軍隊社会に投入されました。

岩井忠正さん　海軍に入った者を、水兵に仕立てあげるのが海兵団です。学生からとられた我々も海兵団に集められ、最下位の二等水兵になりました。大きな襟のついたセーラー服（水兵服）を着て、ひさしのない水兵帽をかぶり、そうして三浦半島の西岸にあった海兵団で新兵生活を始めたのです。

岩井忠熊さん　海軍の新兵教育は、陸戦と運用術と信号が基本でした。陸戦の内容は学校教練と大差ありません。しかし分列行進をはじめとして、その厳しさとなると学校教練とは比較できません。運用術と信号は、艦船勤務や海上生活に欠かせない基礎的な技術です。主なところでは、短艇（カッター）漕法、結索（ロープ結び）、手旗、モールス信号などでした。短艇の櫂（オール）はかなり重く、漕いでいるうちに尻の皮がむけます。あまりに痛くて、陸にあがっても、私は及び腰になって歩きました。

忠正さん　毎日、徹底的に訓練を受けました。たしかに艦船に関する運用術は、学校教練になかったので目新しかったです。一方で陸戦訓練ですが、隊伍（五人以上の隊列）を組んだ駆け足は、猛烈なスピードが要求されました。海軍だから陸を走ることはないだろうと思っていたのは、とんだ大間違いです。軍隊の紀律つまり軍紀をたたきこむには、陸戦訓練が手っ取り早かったのでしょう。

忠熊さん　海兵団に入ったときの命課式で、海兵団長から「自由主義者の貴様らの精神をたたき直してやる」と宣告されました。入団早々に、学徒兵のなかから三人の自殺者が出たと聞かされたほどで、私たち学徒兵は最初から特殊な教育対象とみなされていたのです。

忠正さん　私が最初に直面したのは階級制度でした。階級制度に忠実に従うのが、軍紀にほかなりません。たとえば、下級者は上級者に対して敬礼しなければならず、それも肘をやや狭く張る敬礼が海軍式です。ちゃんとした敬礼を怠ると、鉄拳で殴られる「修正」を受けました。海軍では暴力制裁を「修正」と呼んでいたのです。

入団して間もない頃に起きた一例です。夜の巡検が終わったあと、私は当番の宿直勤務について、副直学生室の寝台で横になっていました。寝間着に着替えずに、濃紺の地に一本の黄色い線が入った副直将校の腕章をつけた軍装のままです。ただし、帯剣だけは外していました。

このとき突然、「訓練警戒警報」が発令されたのです。訓練とはいえ、本番通りの行動が要求されます。何も教えてもらっていないときに副直学生の当番にあたったので、自分の判断で行動するしかありません。

私は飛び起きて、「総員起こし、訓練警戒警報」と号令をかけました。すると今度は「訓練空襲警報」が出たのです。私はとっさに、「訓練空襲警報、ただちに防空壕へ退避、着替えずに、急げ」と、新たな号令を出しました。

これがとんだ間違いだったのです。対空砲火や消火などに対処すべき配置を受け持っていれば、その任務を果たさなければなりません。そのときの号令は「対空戦闘用意、配置につけ」でした。だが配置を与えられる前だったので、自分たちに損害を出さないためにも退避を急ぐ号令をかけてしまいました。

私の号令によって仲間は、白い寝間着姿のままゾロゾロと退避壕に急ぎます。この集団を見るや、軍服を着た大尉が「待て」と一喝してきました。上官から「待て」の怒声がかかると、「修正」しかありません。

「副直学生、将校学生を、寝間着姿のまま退避させるのか、バカモン」

鉄拳があごに飛んできました。一発では終わりません。私のあごはサンドバッグでした。このときになって——退避したあとに何が起きるかわからないので、寝間着のままではまずかった、それに寝間着一枚で退避壕に長時間いたら風邪をひくかもしれない——と考え直していました。ところが大尉は、またもや鉄拳に及んでから、こう言ったのです。

「だらしのない寝間着姿のままで退避壕に逃げ込む将校学生の姿を、下士官兵が見たらなんと思うか、考えてみろ」

寝間着姿で退避するのがまずいのは、将校学生の寝間着姿を下士官兵に見られることにつきました。大尉はそのことを指摘して、激しく怒ったのです。海軍の階級差別は、指揮命令系統からくるものだけではありませんでした。将校と下士官との間には、地位の上下や待遇の違いだけではなく、もっと本質的なところで身分的な差別があるのだと、私は理解したのです。

言葉づかいにしても、上官に対しては「わたくし」をつかい、同期生の間では「きさま」と「おれ」の呼び方を指示されました。下級の者には「おまえ」と言わねばなりません。この言い方を間違えれば、容赦なく「修正」の鉄拳が飛んできたのです。

忠熊さん　現代なら「民主的」だと好意的に受け取られるはずの対人への態度は、こと海軍では禁物でした。下士官兵の前では「厳然」たる態度が要求されるのです。歩くときは背筋をのばし、壁などによりかかるのも厳禁、地べたに腰を下ろすことも「修正」の対象でした。「修正」の対象が大勢の場合、次のような指示が出ました。

「前列、一歩前へ」「後列、一歩後へ」「よし、片手間隔に開け」「前列、回れ右」「前列の者、後列の者を、力いっぱい殴れ」

この配置によって、前列の者が後列の者を鉄拳で殴るのです。仲間同士なので手加減しがちですが、教官は手加減した者を見つけ出しては、自らが「修正」を加えました。そのうえで「相互修正」のやり直しをさせられるのです。

このような暴力制裁の「慣習」は、たとえ士官養成の過程であってもかわりません。陸軍も海軍も同じです。つまるところは下級者に対して、上級者へ「服従」する習慣を、徹底的に身につけさせる手段でした。暴力制裁の強制はこの「服従」の徹底によって、部下を統率することができるとみなしていたからでしょう。

日本の軍隊は「皇軍」を自称したように、階級間の紀律は天皇の権威によっていました。軍人の精神教育の基本とされ、軍の精神的支柱となっていた『軍人勅諭』にこうあります。

〈下級のものは上官の命を承ること実は直《ただち》に朕《ちん》か命を承る義なりと心得よ〉

天皇の権威が絶対的だった戦前でも、軍隊と一般社会には大きな隔たりがありました。陸軍は一般社会を「地方」と呼び、海軍は「娑婆」といって異質性を強調しては、学徒兵たちに軍隊生活への同化を求めたのです。

忠正さん　私は愚にもつかない「精神教育」がつくづく嫌でした。毎朝、朝礼にあたって『軍人勅諭』の五つの項目を大声で唱えさせられるのです。

〈軍人は忠節を尽くすを本分とすべし〉〈軍人は礼儀を正しくすべし〉〈軍人は武勇を尚《とうと》ぶべし〉〈軍人は信義を重んずべし〉〈軍人は質素を旨とすべし〉

私は最初に出てくる「忠節」の一項だけは受け入れることができませんでした。天皇に対する忠節は、根拠のない愚かなことだと確信していたからです。しかし、海軍では「忠節」の一項により、「修正」さえも正当化されていました。

〈表面上は禁止されている私的制裁が公然の秘密として日常の茶飯事と化していた軍という世界は、非合法の職権乱用による逮捕・拘禁・拷問が公然とまかり通り、裁判官さえもそれを知って知らぬふりをしていた天下御免の拷問部屋をもつ警察とならんで、戦前の日本における二大無法地帯の一つを形成していたのであった〉

（家永三郎著『太平洋戦争』岩波現代文庫）

忠熊さん　まさに規則のための規則でした。そこには何の合理性もありません。たとえ休憩中でも、ポケットに手を入れることは厳禁ですし、どんな場所でも横になって寝そべることは許されませんでした。

陸戦の激しい演習で体がへとへとになったとき、担当の教官が人目のつかない木陰で横になって休んでもよろしいと許可を出してくれました。私たちが這うようにして木陰に入って身体を横たえていたら、別の教官が回ってきて猛烈な鉄拳に及んだのです。

このとき私は、文字通り数メートルぶっ飛ばされる「修正」を受けました。私たちが許可を受けて横になって休んでいたとわかっても、「修正」の鉄拳を振るった教官は、寝転んではならないのだと譲りません。彼は陸戦の教官より階級が上だったので、許可命令の合理性ではなく、上級者の命令を下級者は厳守しなければならないという軍紀を重視したのです。

――陸海軍とも一般社会との違いを強調したようですが、見方を変えれば軍隊は閉ざされた社会にほかなりません。一般社会では明らかに刑事事件になる「修正」が、堂々とまかり通ったのも閉鎖社会ゆえでしょうか。映画監督の新藤兼人さん（一九一二年〜二〇一二年）は三十二歳のとき海軍の呉海兵団に召集され、二等水兵時代の自身の体験を描いたドキュメンタリー映画『陸に上った軍艦』をつくっていらっしゃいます。生前にインタビューさせていただいた折、陰惨な私的

制裁について次のように話してくれました。

〈野球のバットをひとまわり大きくした直心棒と呼んでいた、海軍精神を注入するとかいう棒で、毎夜尻を殴られる。おまえたちはクズだ、精神を鍛え直すと言われて、戦争が終わる一年半の間ずっと殴られ続けた。ふろに入ると誰も尻が紫色になっていた。直心棒のほかにゲンコツによる報復ビンタも常態化しており、十数回くらうと目から星が飛びますよ、ほんとに。上官は僕らを殴って遊んでいたんです〉（『わたしの〈平和と戦争〉永遠平和のためのメッセージ』に所収）

――バットのような太い棒で尻を殴られる様を想像しただけで、身の毛が立ちます。暴力制裁は常態化していたようで、城山三郎著『一歩の距離　小説予科練』（角川文庫）**はこう記しています。**


〈それが、点呼直後に爆発した。全員整列。東二曹は、樫の棍棒《こんぼう》を持って仁王立ちになった。まず一番手近に居た練習生が、いきなり二発撲《なぐ》られて、引っ繰り返された。

「きさまたちを海軍軍人にするには、これしかないんだ」

　珊瑚海海戦生き残りという二曹は、酔いの噴き出た真赤な顔で怒鳴った。

「帝国海軍が何故強いか知っとるか」

棍棒で床を突いた。

「日本海海戦当時の東郷艦隊とバルチック艦隊の差は、何処《どこ》に在ったと思う。……これだ、バッターだ。我が東郷艦隊にはバッターがあり、バルチックにはバッターがなかった。その差が勝敗を決した」

何だそんなことかという、かすかなざわめきがあった。幸い、酔っている二曹の耳には届かない。

「今度の太平洋戦争でもそうだ。ハワイ空襲の前夜、『全員死んで来い』と、搭乗員にバッターをくらわせた。搭乗員達は、帰って来たらまた撲られる、いっそ突っ込んだ方がいいという気になった。だからこそ、あの赫々《かっかく》の大戦果があがったんだ」〉

――なんとも、おぞましい「バッター」ですが、このような暴力制裁を目撃されたり、あるいはご自身が遭遇されたことはありますか。

忠熊さん　私の所属した海兵団でも、「バット」と称していた海軍の「精神棒」はお馴染みで、「日本精神注入棒」と書かれた棒もありました。
新兵を立たせて両足を広げさせてから、重心をとるために上半身を前に傾けさせます。壁に両手をつかせることもありました。こうした姿勢をとらせてから、「精神棒」で尻を思いっきりたくのです。当然、内出血します。ひどい場合は、紫色に変わりました。私はやられたことはありませんが、何度か凄惨な傷痕を見ています。

一つの例をあげましょう。海軍入隊のさいに分隊長は、教班長と新兵を前にして、鉄拳制裁の禁止を申し渡しました。それでも、尻を強打する制裁は行われていたのです。新兵に感想文を書かせたとき、禁止されているはずの暴力制裁が行われていると書いた者がいました。教班長室に呼び出された彼は、鼻血を垂れ流しながら戻ってきました。壁に向かって逆立ちをさせられたまま、強烈な「バット」をくらったそうです。引っくり返ったところを蹴られ、さらに殴られています。彼の顔面はすっかり変形していました。このとき先任の教班長が「これが軍隊というものだ。よく覚えておけ」と言ったのを、私は忘れていません。

――「修正」という名の暴力行為とまではいかなくても、士官候補の学徒兵ですから、嫌がらせといいますか、いじめに類するようなことはありましたか。

忠正さん　私には、トイレ掃除にまつわる嫌な思い出があります。海軍では便所を「厠《かわや》」と呼びました。私たちの班が「厠」の掃除をしたときのことです。当時の小便所では、コンクリートの壁に向かって放尿していました。その汚れた壁を、レンガの切れ端を使って擦り、バケツの水をかけて洗い流します。ゴム手袋などを使えるわけがなく、あくまで素手でした。

許せないと思ったのは、私たち二等水兵が懸命に素手で掃除をしているのを横目で見て、わざと垂れ流す下士官です。一人や二人でないので、私たちの手は生暖かい黄色い液体にまみれました。殴りつけたい気持ちを抑えたのは、相手は上官であり、私は最下位の二等水兵だったからです。軍隊というところは軍人勅諭の紀律によって、二等水兵に汚い作業をやらせることに成功したのです。軍隊における階級と紀律の汚い実態を、私たちは学ばされました。

忠熊さん　連帯責任を押しつけるのも非合理でした。日常生活で班の誰かが失敗をやらかすと、教班員の全員が責任をとらされて、なんらかの罰を科されるのです。「罰直」といっていました。教班全体がたるんでいるとみなされると、釣床教練の「罰直」になります。

釣床はハンモックとも呼ばれ、狭い艦内で大勢が寝られるように、太い紐を編んだ寝具です。大きな兵舎の真ん中に通路があり、通路の両側は艦船にならって左舷と右舷の居住区に分かれていました。居住区には太い梁《ビーム》がはしっており、梁には釣床をかけるためのフックがついています。

釣床はたたんでも重いのですが、釣床訓練では、この釣床をつる作業とたたむ作業を、繰り返し強制させられるのです。当直の教班長が「パイプ一声」（笛の一吹き）で「釣床おろせ」の合図をすると、二百数十人の分隊員が一斉に釣床をつります。

やっとつり終えると、また「パイプ一声」により今度は「釣床おさめ」になります。これを立て続けに何度か繰り返させられると、もう全身がくたくたでした。やっと寝ることができたと思っても、釣床の下を風が吹き抜けるので冬場は寒くてなりません。私は何度もトイレに起きたものです。

寒くて凍えそうだったといえば、真冬の水仕事はこたえました。海軍では、一日に何度も掃除をするのです。艦船で海上生活を送るとなれば、伝染病を警戒する必要があったのでしょう。はだしになってズボンの裾をまくりあげ、新兵たちはくっつき合うような格好で整然と横に一列に並び、川みたいに流れる冷水にまみれてデッキを洗うのです。

真冬の洗濯にも閉口しました。コンクリートでかためられた露天の洗濯場に水槽が備えつけてあるのですが、厚い氷が張っています。その氷をたたき割って、水槽から水を汲みだすのです。吹きさらしのコンクリートに冷水が流れ、はだしの私たちはいじめに遭っているような気持ちで洗濯をしました。

海軍当局はこうしたやり方を、「教育」であり「訓練」だと決めつけていたのでしょう。私にとって新兵生活といえば、「寒さ」と「空腹」と「怒声」と「修正」が身にしみました。

士官候補の海軍予備学生として

——海兵団の基礎訓練は通常は五カ月間ですが、学徒兵にかぎって二カ月間で済ませています。

それだけ実戦配備を急いだのでしょうが、お二人とも海軍予備学生になられました。予備学生について『別冊一億人の昭和史　日本海軍史』（毎日新聞社）**は、こう説明しています。**

〈開戦に先立つ十六年五月、数少ない兵学校出身者を補うべく一般大学卒業者を採用して初級将校とする〝予備学生〟の制度が発足した。その後の十八年十二月の〝学徒出陣〟組をふくめると、その数は海兵（海軍兵学校）を圧し、〝予備〟どころか〝一軍〟として全海軍を背負ってたつ観があった。また彼らのなかから、多くの特攻志願者が出て、戦場に消えた〉

忠正さん　海兵団で二等水兵の新兵訓練を終えると、あらためて試験を受けて「第四期兵科予備学生」になりました。弟の忠熊もそうですが、たいがいの仲間は合格しています。ともあれ士官（将校）への道を進むことになった私たちは、それでも不合格になって気落ちしている彼らに声をかけにくかったです。

忠熊さん　予備学生の試験で、はっきり覚えているのは航空機搭乗員適正検査です。回転いすに座るや、急速に回されるのです。いすの上での回転が終わってから、床に描かれた白い直線の上を真っすぐ歩かされ、ふらついて直線からはみ出たら不合格でした。かように予備学生試験は、適正を重視していたようです。

忠正さん　予備学生になった私は、横須賀市の久里浜にあった機雷学校への入校を命じられました。機雷は機械水雷の略称で、あらかじめ海の中に浮かせておいて、走行中の敵船が機雷に触れると爆発させる仕掛けです。そんな兵器の専門家を養成する機雷学校に行く者は少なく、なぜ私が回されたのかわかりません。

私たち機雷学校組は二等水兵のセーラー服を着たままに、自分の持ち物を手に提げ、隊伍を組んでから、引率されて学校の門をくぐりました。二月の入学式なので、冬季用の第一種軍装に身をかためて整列したものです。このときは二等水兵のセーラー服とちがい、白手袋をはめて短剣を帯びていました。服装にかぎれば士官と同じで、最下級の二等水兵から七階級飛び越えています。

学生隊の隊長（中佐）の訓示で、一つだけ記憶にあります。「貴様たちは士官服を着ているが、まったく中身をともなっていない」と前触れしてから、『史記』に出てくる故事「沐猴《もっこう》にして冠す」を持ち出して「貴様らは、この言葉がふさわしいのだ」と言い放ちました。外見は立派だが、猿が冠をかぶっているにすぎない、つまり思慮分別に欠ける小人物だと決めつけたのです。しゃくにさわりましたが、言い得て妙だなと感心させられたのも、偽らざるところです。

忠熊さん　私は兵科予備学生として、海兵団の学生隊で教育を受けることになりました。このとき私のいた横須賀第二海兵団は、武山海兵団と改称されています。それはともかく兵科予備学生として武山海兵団の学生舎に移りますが、教育は新兵時代と異なった内容でした。というのも学生隊を終えたあと各種の術科学校に進むからです。特定の専門教育を受けてから、少尉に任官して実戦部隊に配属されることが決まっていました。このため教育の重点は、海軍士官としての精神教育とシーマンシップに置かれたのです。

軍隊に入っても、私たちは学生気質がたやすく抜けません。細かい指図や画一的な規律には、たいがいウンザリでした。たとえば学生舎の窓は隣室と横一線に並ぶように開けねばならない。下着類は定められた順に衣嚢《いのう》棚の幅に合わせてたたみ、そうして重ねて置くのです。わずかでも規定から外れていたら叱声を浴び、あげくに力いっぱい殴られる「修正」を受けました。鉄拳による「修正」だけは、相変わらず横行しており、数えきれないほど殴られたものです。そのほとんどが、しつけのルール違反でした。

新兵教育で受けた「釣床訓練」は、予備学生になっても厳しさは変わりません。「釣床おさめ」を二分三十秒以内に行うのですが、時間内にできなければ「修正」が加わりました。南太平洋のソロモン諸島などで激戦を強いられた戦場帰りの教官にしたら、予備学生は「娑婆気」が抜けていないと見なして猛烈なしごきに徹するのです。

忠正さん　耳にタコができるほど聞かされたフレーズが「スマートで目先がきいて几帳面、負けじ魂、これぞ船乗り」です。海軍兵学校で言われていた「戒め」でしょうが、私たち学徒に「海軍将校らしさ」を押しつけ、型にはめようとの魂胆は明らかです。「スマート」というのは外見上のことよりも、動作の機敏さでした。

私はもともと「船乗り」になろうと思ったわけではなく、「海軍にとられた身」ですから、「船乗りの美徳」を押しつけられるのは迷惑このうえなかった。とはいえ団体生活だから、モタモタしていては仲間に迷惑をかけるし、海上では危険を招く恐れもあるでしょうから、しぶしぶ納得して動いていました。

死傷者を出した「武装駆け足競技」

忠熊さん　武山海兵団の学生隊で、死者の出る訓練がありました。五月中旬の、湿気の多い、蒸し暑い日に、約三千人が参加して「武装駆け足競技」が行われたのです。起伏に富んだ三浦半島の峠道を往復約十キロも走らされました。帯剣をして三八式歩兵銃をかついで、往路の苦しい上り坂を部隊ごとにまとまって走るのです。もちろん個人の落伍や徒歩は、いっさい許されません。

そのとき、私と一緒に走っていた同僚が突然、倒れて昏睡状態に陥りました。倒れたのは私の区隊でも数人に及び、熱中症にやられたのです。どうにか完走した私も、武装しているうえに蒸し暑さのせいで、ともかく異常な苦しさを覚えました。
完走して安心したのか、ゴールでは次々と昏倒者が出ています。ついには村の消防団までが出動する騒ぎになり、なんとも悲惨な光景を目の当たりにしました。意識を取り戻しても一時的に狂乱状態になった者もいます。病院に運ばれた者も多く、三名の死者が出たとのことでした。三百人が途中で倒れたそうで、訓練部長の大佐は、責任を取って切腹しようとしたが止められたと聞いています。行政処分を受けた教官はいなく、こうした非人道的な訓練も海軍士官を養成するうえで必要だと容認されていたのでしょう。

——三人も死者を出した「武装駆け足競技」となれば、一般社会では大事件になるところです。しかし、軍隊という閉鎖社会ゆえに、悲惨な訓練も当たり前として、黙認されていたのですね。軍隊の異質性は、戦争に直結しているからでしょうか。

忠熊さん　軍隊は国家の暴力装置といわれることがあります。基本的にはそうでしょう。軍隊の存在理由については、国内の支配秩序を維持するために必要という見方と、国家間の対立や抗争に対処するという二重の意味があると思います。
いずれにせよ、軍隊は戦闘のための組織です。敵兵を殺傷し、打撃を与えて、敵軍の戦闘能力を喪失させる、つまり屈服させるのが目的です。この目的を達成するには、組織の指揮命令系統が一元化されていなければなりません。命令一下により、兵士は迷うことなく敏速に動かなければ、逆に打ち負かされます。

一糸乱れることなく命令が徹底されるために、上下の階級的紀律の厳守が要求されたのです。下級者は上級者に服従しなければなりません。これが軍紀の根本であり、服従は日常の訓練のなかで行われる暴力的制裁も然りです。同じ国家にあっても、軍隊が一般社会と異質であるゆえんでしょう。

私たち学徒兵にとって、軍隊の紀律が馴染みにくいのは当然です。インテリの端くれである予備学生は素直に聞き入れられないので、何かにつけて「娑婆気」が抜けていないと、叱責されては「修正」をくらうのでした。

たとえば私信に「訓練がつらいだのと、役に立たぬことを書くな」と注意され、「数行内にして、元気にやっていると書けばよい」とまで指示されました。こうしたことを守らないと、すぐさま「修正」されます。

紀律は学校や職場にもありますが、嫌になって耐えきれないならば、そこから離れるといいますか、逃げることができます。しかし、軍隊は逃亡罪がありますから、逃げられません。

〈陸軍刑法第七五条　故ナク職役ヲ離レ、又ハ職役ニ就カサル者ハ、左ノ区分ニ従テ処断ス
一　敵前ナルトキハ死刑、無期若ハ五年以上ノ懲役又ハ禁錮ニ処ス。

二　戦時、軍中又ハ戒厳地境ニ在リテ、三日ヲ過キタルトキハ六月以上七年以下ノ懲役又ハ禁錮ニ処ス。

三　其ノ他ノ場合ニ於テ六日ヲ過キタルトキハ五年以下ノ懲役又ハ禁錮ニ処ス〈海軍でも准用された〉

——当時の常識は、国家あっての軍隊、軍隊あっての国家だったのですね。大学から海軍にとられた忠正さんは、予備学生として海軍対潜学校で訓練を受け、やはり予備学生の忠熊さんは武山海兵団学生隊から海軍航海学校への入学を命じられます。

忠正さん　海軍の機雷学校に入学して間もなく、名称が対潜学校に変わりました。日本の艦船がアメリカの潜水艦に攻撃されるケースが増えてきたので、敵の潜水艦をいち早く見つけて機雷攻撃をかけることが重要になってきたのです。対潜水艦作戦の専門将校を養成することになり、私たちは「水測士」になることが期待されました。

敵の潜水艦の位置を見つけるには、水中の音を聞かねばなりません。そのとき敵艦の方角や距離を計測するのに超音波を発信するのですが、その装置は真空管による発振器でした。そうした機器に不得手な文科系の学徒たちでしたから、上官は殴りつけてでも覚えこませようとしたのでしょう。そのときの上官の表情は、こいつらは西洋かぶれで、自由にかぶれた学生だ、こいつらに軍人精神をたたきこむんだ——といわんばかりでした。

忠熊さん　横須賀にあった海軍航海学校は、文字通り航海士を養成する教育がなされました。軍艦の最高指揮者は艦長で、その下に航海長、そして航海士がいました。巨艦になれば、複数の航海士のほかに副航海士を置いています。勤務する場所は艦橋《ブリッジ》で、航海中はここから離れることはできません。戦闘ともなれば、艦の中枢である艦橋に砲撃が集中します。航海士は軍艦のなかで最も危険な場所で任務に就くのです。

航海学校の予備学生は、航海術と艦船勤務に必要な学科の修得に重点が置かれました。座学が多かったのですが、そこは海軍士官の養成が眼目だから、驚くような教育訓練もなされました。記憶に残っているのが、デッキからの飛び込みです。

日清戦争時にイギリスに発注して建造された戦艦「富士」が航海学校の岸壁に繋留《けいりゅう》されていて、高さ約十二メートルのデッキから飛びこむのです。模範的な飛びこみは水面に対して斜め四十五度の角度といわれますが、何度も練習しないとそのような理想的な飛び込みはできません。

私はでたらめに飛び込んだのですが、なんと身体が水面と平行になったため、胸部を水面で強打してしまいました。浮きあがっても、しばらく呼吸ができないほど痛かったのを憶えています。練習もさせずに、いきなり飛びこみ訓練をさせるのが海軍式でした。

忠正さん　「水測士」が自分の乗っている船の位置を知っておくのは、いうまでもありません。昼間だと羅針盤《コンパス》を使ったうえで、陸上の建物や地形から船の位置を判断します。しかし夜は陸上が見えないので、星と水平線の間の角度を測って、それを海図に重ねて船の位置を見定めるのです。とはいえ、星の名前がわからないと話になりません。私はもともと星の名前などに興味がなかったのですが、覚えなければ天測ができないので真面目に取り組みました。

それでも、対潜学校の上官はやたらと殴るので、この学校が嫌になっていくばかりでした。航海学校や通信学校の連中は「自由にやっている」という噂が入ってくると、デマとわかっていても、「俺たちはついていないなぁ」という気持ちになりました。

忠熊さん　海軍の生活を通じてですが、新しい局面に投ぜられるたびに、現状から抜け出ることに多少の期待をいだきました。しかし、期待はおおむね反対の結果に終わるのです。

航海学校に入ってから、時折、外出できるようになりました。対潜学校の専修学生になっていた兄の忠正と休日があうと、鎌倉の知人の家で落ち合ったものです。遠慮のない情報交換ができました。西洋哲学に関心を持っていた兄は、その知人の家にアリストテレスの『形而上学』などの哲学書を置かせてもらって読んでいたようです。

鶴岡八幡宮の前にあった本屋で、大塚久雄の『近代欧州経済史序説』を見つけたとき、この際買っておこうと手を伸ばしかけたのですが、読む時間がないだろうな、と諦めたことを今でも思い出します。兄も私も好きで軍隊に入ったわけではなく、兄の言葉でいえば「大学から軍隊にとられた身」なので、私たちは活字に飢えていたのだと思います。

忠正さん　自由にものが言えないため、ストレスがたまる一方でした。そのうえ、やたらと殴られるので、対潜学校が嫌になりました。世間から隔絶されていた私は、自分だけがついていないように思いこんでしまうのです。それでも私は「面従腹背」に徹して、基礎教育をこなしていきました。そうして軍人にさせられた面もあります。

――逃れることのできない閉鎖社会の軍隊にあって、否応なしに教育訓練の日々を重ねるうちに、少しずつ海軍の衣を身に着けさせられたのでしょうか。お二人よりひと足早く、一九四二年に東大経済学部から横須賀第一海兵団に入った蝦名賢造氏は体験記『海軍予備学生』（中公文庫）**に、次のように書き留めています。**

〈わたしたちはいやおうなしに、日一日と軍人らしくなってゆく自分自身を感ずる。軍人らしくなるということは、号令がかかれば機敏に活動し、対応してゆくことを意味する。すなわち命令に対する批判とか、懐疑とかを持たなくなってゆくということなのである。

こうして私たちは、日に日に考える時をうしなってしまった。日課表に追いまくられ、非人間化されていった。それはいいようもないわびしさであった。この学生舎を、戦争と死と生を考える修練の場とすることなぞ、思いもよらないことであった。またこうした生活に慣らされると、夜学生舎の中にぎっしりとつまった、ぐらぐら揺れるハンモックのなかでもぐっすり熟睡できるのに、そう日数もかからなかった。あげくのはては、食うことに最大の関心を抱く動物となっていた〉

――戦場での殺し合いを受け入れ、命令されるままに動く兵士は、こうしてつくられていったのだろうと推量するにつけ、軍隊という組織の空恐ろしさを思ってしまいます。軍隊の基礎教育は、蝦名氏が〈始終激しい執拗な精神的危機に襲われ、生活してきた〉と述懐しているように、思考を奪うことによって結果的に軍隊式の洗脳がなされたようでなりません。お二人が活字に飢えていたエピソードを聞き、あらためて「学徒出陣」を、そして「戦争の罪」を考えさせられました。

第五章　「特殊兵器」の搭乗員に

「特殊兵器」の搭乗員を募集

——私は戦後に生まれ、戦争と軍隊（兵役）に無縁で育ったこともあり、「特攻」（特別攻撃）を知ったときの衝撃は消えていません。零戦（零式艦上戦闘機）による「神風《しんぷう》特別攻撃隊」や人間魚雷「回天」にみられる体当たりの爆弾攻撃、いわゆる「特攻」の二文字は私の脳裡に焼きついています。爆弾を抱えて敵艦に体当たりするのですから、生きては還れません。どうして人間を兵器にする作戦にまで踏み切ったのか、特攻隊員は本当に納得していたのか——ずっと私の理解をこえていました。職業軍人だけではなく、徴集された大勢の学徒たちが特攻に投入されたことも、心痛を禁じ得ません。

航空特攻であれ水上や水中特攻にせよ、このような「必死の兵器」による攻撃は、二度とあってはならないと声を強くしても、私のなかで「特攻の真相」は、相変わらず模糊としていました。海軍特攻隊に所属したお二人の体験談に耳を傾けて、あらためて特攻について考えたい

と思います。

学徒出陣から海軍に徴集されたお二人は一九四四年二月に、横須賀の武山海兵団を経て「第四期予備学生」として、士官（将校）になるための訓練を受けました。厳しい訓練中にあって、「特攻」を予兆させるような「不穏な空気」を感じたことはありますか。

岩井忠正さん　戦況の情報はおのずと入ってきますから、日本が負け続けているのはわかっていました。船が撃沈されたものの泳ぎ切って助かった、と漏らす海軍兵が対潜学校の教員としてやって来るのです。余計なことはしゃべるな、と釘を刺されているでしょうが、「こんな、ひどい目に遭った」と話したくなるのが人情でしょう。

彼らの戦場体験を耳にするたび、日本はかなりやられているな、と確信できました。当初から勝てるはずもないとみていた私ですが、戦う以上は負けてほしくない、と願っていたのも事実です。しかし「特別攻撃」とか「特攻」などという言葉は、まったく聞いていません。

岩井忠熊さん　海軍に入ってから、世間のニュースも戦局の情報も遠ざかりました。分隊に新聞が張り出されることになっていましたが、ときどきは途絶えますし、ゆっくり読んでいる暇もありません。しかしサイパン島の陥落をめぐる情勢は、海兵団にも影響を及ぼします。

米軍による本土空襲の可能性が強まると、警戒配備が発せられるようになりました。情勢が

郵便はがき

料金受取人払郵便

麹町局
承認

1763

差出有効期間
2022年1月31日
まで

切手はいりません

102-8790

209

(受取人)
東京都千代田区
九段南 1-6-17

毎日新聞出版

営業本部　営業部行

ふりがな	
お名前	
郵便番号	
ご住所	
電話番号	(　　　　)
メールアドレス	

ご購入いただきありがとうございます。

必要事項をご記入のうえ、ご投函ください。皆様からお預かりした個人情報は、小社の今後の出版活動の参考にさせていただきます。それ以外の目的で利用することはありません。

毎日新聞出版　愛読者カード

本書のタイトル「　　　　　　　　」

●この本を何でお知りになりましたか。

1. 書店店頭で　　2. ネット書店で

3. 広告を見て（新聞／雑誌名　　　　　）

4. 書評を見て（新聞／雑誌名　　　　　）

5. 人にすすめられて　　6. テレビ／ラジオで（　　　　　）

7. その他（　　　　　）

●どこでご購入されましたか。

●ご感想・ご意見など。

上記のご感想・ご意見を宣伝に使わせてくださいますか？

1. 可　　2. 不可　　3. 匿名なら可

職業	性別	年齢	ご協力、ありがとうございました
	男　　女	歳	

緊迫するにつれて、私たち学生隊は繰り上げ終了によって実戦部隊に配属されるのではないか、という噂がしきりと流れ始めたのです。

実は、思い当たることがありました。航海学校の予備学生として、駆逐艦の「楡《にれ》」や「葦《あし》」に乗って、東京湾で航行訓練をしていたときのことです。緑色の小艇が白波をけたてて高速で走るのを、何度か目撃しました。

これまで教えられたことのない種類の小艇だったので、仲間うちで話題になるのも当然です。とうとう区隊長から、あの小艇は軍機事項だから話し合うな、と注意を受けました。しかし、いかなる任務につく艇かの説明はありません。それだけに私たちは、かなり危険な任務につく艇にちがいないと推測し、ひそかに〈グリーンピース〉と名づけたのです。これが後に、私が乗ることになった特攻艇「震洋」でした。

――そして、運命の日がやってきます。あと二カ月余で将校に任官するという一九四四年十月十八日、海軍予備学生に「特殊兵器の搭乗員募集」が告げられました。

忠正さん　私の所属していた対潜学校の予備学生は、営庭に集められてから第二学生舎に移動しました。そこで学生隊長が、「知っての通り、戦局はきわめて厳しい」と切り出したのです。決して、負け続けているとは言いません。「厳しい、しかし――」と区切ってから、こう続けたのです。

「最近、一発必中の特殊兵器が開発された。搭乗員を募集するから、希望者は申し出ろ」

特殊な新兵器といっても、具体的にどのような種類の兵器であるかの説明は一切ありません。学生隊長の口調から察して、もしかすると死ぬこともあり得る兵器ではないか、と推測はできました。そのような特殊な兵器が使われる状況になっているという、雰囲気というか空気みたいなものは海軍内に充満していました。だから学生隊長が口にした「特殊」にこめられた意味は、たいがいの者はわかっていたと思います。

忠熊さん　武道場のガラス窓をすべて閉め切ったうえで、下士官に「下士官開け」と退去を命じてから、私たち予備学生に「総員集合」がかかりました。これまでの体験からして「総員集合」は「総員修正」なので、私はいくぶん緊張した覚えがあります。

そこへ、めったに姿を見せない学生隊長が現れたので、何が起きたのかと内心穏やかではありません。学生隊長の大佐は戦局の不利を説明してから、この難局を打開するため「特殊兵器」が発明されたので、搭乗員の希望者は翌朝の八時までに、分隊長に名乗り出るようにと告げたのです。この問題について、互いに談話するのを禁止する、と念を押されました。

学生隊長の話から、私は〈グリーンピース〉を連想しました。人間魚雷についてヒソヒソ声で話し合ったのですが、火薬を詰めたドラム缶に人間を入れて上からボルトでしめてしまう、という冗談めいた話題にすぎません。しかしながら、この怪しげで薄気味の悪い話も、全面否定まではできないという、そんな気分が残りました。

——早い話が、「特殊兵器」の搭乗員に志願せよ、との呼びかけでした。「特攻兵器」とは言わず、あくまで「特殊兵器」で通しています。実は、忠正さんからいただいた『回天記念館と人間魚雷「回天」』（周南市回天記念館開館50周年記念誌、二〇一九年三月発行）に、搭乗員の募集に関する貴重な公文書が収録されています。〈特殊兵器要員に充当すべき海軍予備学生の選抜並に教育等に関する件伸進〉と題された文書には、一九四四年八月三十日の日付が見られます。海軍省人事局長と海軍省教育局長が、横須賀鎮守府参謀長と呉鎮守府参謀長に宛てた文書です。特殊兵器搭乗員の志願を募る前に作成されたのは、海軍としての意思を統一する必要があったからでしょう。内容は次の通りです。

臨時魚雷艇訓練所に於て、教育中の第四期海軍予備学生並に第一期予備生徒より、㊅（マルロク）兵器搭乗員及び甲標的艦長適任者各五十名を選抜し、之が教育は第一特別基地隊に於て実施のことに定められ候《そうろう》条左記に依り処理相成度《あいなりたく》

追而《おって》志願者の募集選抜に当りては、兵器の性能用法等に触れざることは勿論、家族等とも連絡せしめざる等、特に機密保持に関し可燃配慮相成度

記

一、選抜要領

（イ）本要員は志願者より選抜す

（ロ）志願者募集に当りては別紙説明要旨に依り、予め説明を実施し志願者の了解を求めおくものとす

（ハ）人選に関しては左に依る

（一）裸眼視力一・〇以上にして身体強健且《かつ》船に強きもの

（二）志操堅確にして気力攻撃精神特に旺盛なるもの

（三）理解力判断力及び決断力の秀でたるもの

（四）後顧の憂《うれい》尠《すくな》きもの

二、選抜者の入庁

（イ）海軍水雷学校長、臨時魚雷艇訓練所長をして適任者を選抜せしめ、別紙様式により選抜者名簿に選抜実施概要を附し、各一通を当局及第一特別基地司令官に送付すると共に横須賀鎮守府司令長官に報告するものとす

（ロ）前項に依り選抜せる人員は九月一日附第一特別基地に入隊を命ぜらるるに付九月

五日までに同隊に入隊せしむるものとす

三、教育

（イ）㈥兵器搭乗予定者に対しては本年十一月末日迄に同兵器搭乗員として必要なる訓練を完了するを目途とす

（ロ）甲標的艇長予定者に対しては昭和二十年二月末日迄に同兵器艇長として必要なる訓練を完了するを目途とす

（ハ）教育実施の細目に関しては追って定む

別紙

志願者募集に当り説明要旨

一、今や敵の反撃は随所に熾烈を極め、戦局は急激に緊迫真に皇国の興廃決するの秋《とき》至れりと謂うべし、此の秋に当り我が海軍に於ては有力なる特殊兵器をも使用し、此の驕敵《きようてき》を粉砕し国防の重責を全うせんとす

右特殊兵器は挺身肉薄一撃必殺を期するものにして、其の性質上特に危険を伴うものなるが故に、諸子の如き元気潑剌且攻撃精神特に旺盛なるものたるを要す

二、選抜せられたる者は概ね三月乃至六月間、別に定めたる部隊に於て教育訓練を受けたる上直《ただち》に第一線に進出する予定なり

三、本兵器の搭乗員となりたる者の身分待遇は、凡て航空搭乗員と同格又はそれ以上に取扱わる

備考

兵器名は示さざるを要す

――文書にでてくる「㈥兵器」は人間魚雷「回天」のことです。海軍の軍令部が九種類に及ぶ「特攻兵器」の開発をすすめたとき、最初の兵器を㈠、次の兵器を㈡と呼んだことから、その六番目が「回天」つまり「マルロク兵器」でした。

もう一つの兵器は、海軍部内で「甲標的」と呼ばれた特殊潜航艇（全長二十三・九メートル、直径一・八五メートル）です。甲標的について、『回天記念館と人間魚雷「回天」』は〈「回天」誕生の経緯〉の項目で、次のように説明しています。

〈太平洋戦争は昭和16年12月8日、日本海軍がハワイの真珠湾を奇襲攻撃することで始まりました。この時の作戦には、特殊潜航艇と呼ばれる甲標的が5隻、真珠湾内に碇泊している敵艦船を魚雷で攻撃するために参加しています。この甲標的とは、2本の魚雷を装備した、2人乗りのバッテリーで駆動する小型の潜水艦です。

魚雷は艦船を沈めることができる効果的な兵器です。特に潜水艦艦船から発射される魚雷は、

航空機から発射される魚雷よりも搭載できる炸薬（魚雷内に充填する火薬）の量が多くできます。しかも潜水艦は隠密に作戦行動を取ることができるため、大きな戦果も期待できます。この魚雷を搭載した潜水艦を敵艦船が碇泊している港に進入させることができれば、多くの艦船を沈めることが可能です。世界各地の軍港では、そうした攻撃が行われないように厳しい警戒態勢が取られていました。その一つとして軍港などの入り口には、潜水艦が侵入できないように防潜網が張り巡らされていました。

そこで日本海軍は、湾内攻撃を仕掛けるために防潜網を比較的容易に潜り抜けることができ、敵艦船にも発見されにくい小型の潜水艦を製作、使用することを考え出します。それがこの甲標的で、昭和7年から開発が始まり、15年に採用された兵器ですが、そもそもは決戦海域で航行している船舶を狙う兵器でした。しかし戦闘における主たる兵器が航空機にかわってしまうことで、甲標的の活用方法も変更されていくことになります。（中略）

この甲標的での初めての作戦が真珠湾攻撃ということになりますが、湾内にうまく侵入できるか、あるいは実際に回収が可能かなど、困難な問題もある決死の戦術であったことから、この作戦に参加する部隊を特別攻撃隊と命名しました。この名称が、後の生還を期さない攻撃を行う作戦にも使われていくことになります〉

――この説明で「特別攻撃隊」という言葉は、一九四四年十月にフィリピン沖の米艦に航空機

ごと突っこんだ「神風特別攻撃隊」が最初ではなく、日米開戦当初から使っていたのだとわかりました。また「甲標的」の搭乗員は「決死」隊であっても、「回天」のように「必死」隊でなかったとのことです。

では、パールハーバーに参戦した特殊潜航艇「甲標的」による「特攻」の結末はどうだったのか、やはり気になります。開戦から十日後に大本営は〈大いなる戦果〉を発表しますが、〈わが方の損害〉のなかに〈いまだ帰還せざる特殊潜航艇五隻〉と付記しました。そのうえで、なんと翌年の三月六日になって、海軍省は特別攻撃隊員の氏名と戦死を発表します。〈偉勲を立てた特別攻撃隊参加勇士〉の写真を公表し、「九軍神」として称賛しました。

忠熊さん　真珠湾攻撃に参加した五隻の特殊潜航艇のうち、湾内に進入できたのは一隻だけでした。そのうえ戦果も皆無です。このとき真珠湾の外には数隻の潜水艦が配置されており、特殊潜航艇の帰還と搭乗員を収容するつもりだったようですが、何もできずに引き揚げました。特殊潜航艇「甲標的」による特別攻撃は捕虜になった一名を除いて全員が戦死していますが、海軍の建前は「必殺の兵器」であって「必死の兵器」ではありませんでした。また「軍神」にされた特攻隊員は、志願ではなく命令で出撃したといわれています。

——特攻死から一年後に公表された「軍神」ですが、国民へのプロパガンダになりました。直

木賞作家でルソン島の戦いに従軍した江崎誠致《えさきまさのり》氏は論考「真珠湾の九軍神」（『ルソンの挽歌』光人社NF文庫に所収）で、こう述べています。

〈九軍神の写真から受ける印象は、彼らこそ真珠湾奇襲の立役者だという感じだった。その未曾有の戦果が、彼らなくしてはあげられなかったはずだというような、身びいきの感情が湧き立った。そう思わなければ、人間魚雷という必死の兵器に乗って死んでいった彼らの肖像を、まともに眺めることができなかったからだ。そうした兵器の善悪を問う気持は生じ得なかった。それを残酷な兵器だと考えること自体、死者への冒瀆であると思われた。国民はこの九軍神の肖像を前に、ただ襟を正した〉

――早くも、このときから「軍神」は独り歩きし、残酷な兵器に反対する風潮を抑えこむ役割を果たすようになったのかもしれません。さて再び、〈特殊兵器要員に充当すべき海軍予備学生の選抜並に教育等に関する件伸進〉の公文書ですが、「回天」（マルロク兵器）と「甲標的」の違いについて説明していません。忠正さんの同期で、対潜学校から回天隊に配属された神津直次氏（東大から学徒出陣）は、この募集文を見たときの怒りを、著書『人間魚雷回天』（朝日ソノラマ）に次のように書き留めています。

〈若者が希望したといっても、覚悟を決めていたとしても、このような兵器に搭乗させるのは、為政者として、軍の最高首脳として、いや、人間として、許されることであろうか。

戦争とは人と人との殺しあいだから、「ほとんど生還の見込みのない」行為を部下に強制するのはやむを得ないことだ。だが、「必ず死ぬ」行為を命令するのはいかなる事態のもとであっても正当化できないのではないか。

それはあとから考えた理屈だ、あの時点ではそんな甘い考えの浮かぶ余地はなかった、というか。それならば、一歩ゆずって、若者の熱望があれば、必死の兵器に搭乗させるのも、やむを得ないとしようか。それでもなお、この募集文は正当なものとは思えない。それは、これが兵器の性格を隠したままの、募集文だからである〉

――卑劣で欺瞞に満ちた募集文ですが、お二人をはじめ予備学生たちは、この文書の存在を知る由もなく「総員集合」をかけられて、「特殊兵器要員」の募集を告げられます。

忠正さん　当時の海軍内の雰囲気からして、応募しないと表明するのは非常に難しかったです。私はそう受け止めていました。たいがいの仲間も同じ気持ちだったはずです。死ぬこともあり得る特殊兵器だと察しはついていても、避けられない必然だと覚悟はできていました。この戦争に参加させられた仲間はみんな死んでいく、レマルクの小説『西部戦線異状なし』の主人公と同じ運命をたどる――と思っていたのです。どうせ死ぬのなら、ガツンといくぞ、といった気分で志願に踏み切りました。

それだけでなく、私の場合、打算もありました。やたらと「修正」を繰り返し、軍人精神とやらの精神教育がまかり通っている対潜学校に愛想を尽かしていたので、この学校から逃れることができるなら、それも悪くないと考えたのです。ひそかにモットーにしていた「面従腹背」の「面従」も限界にきていました。ところが私の考えの甘さを思い知らされたのは、この後にもっとひどい目に遭ってからです。

忠熊さん　当時の私は、志願するのが当然だろうと思っていました。それでも志願を名乗り出るまでには、重苦しい気分も避けがたかったです。私があらためて考えたのは、航海学校を出て艦船に乗っても、航海士は最も危険な艦橋配置になるので、そこで死ぬよりは「特殊任務」に就いて、敵に打撃を与えて死ぬほうがよいではないか、という割り切った結論でした。

私は職業軍人とちがうし、入隊の直前まで講義に出ていた大学生です。しかし、海軍で生活を送るようになってから、軍隊に入った以上は軍人であることに徹しなければならない、逃げるのは卑怯だと思うようになりました。

その当時、川口松太郎の小説『愛染かつら』が松竹映画になり、主題歌の「旅の夜風」（西條八十作詞）という歌謡曲が大流行していました。私は小説を読んだことも、映画を観たこともないし、主題歌を口ずさんだ覚えもありません。しかし「旅の夜風」の〈花も嵐も　踏み越えて　行くが男の　生きる道〉のフレーズは耳に残っていました。危険を避けて逃れるのは、男らしくないと思うようになっていたときに、「特殊兵器要員」の募集が告げられたのです。

というわけで、男の美学というのは大仰かもしれませんが、おれは卑怯じゃないぞと自分に向かって言い聞かせるような気分だったかもしれません。今風にいえば「フーテンの寅さん」ではないが、「男はつらいよ」といったところでしょうか。

その日の夜、分隊長室に足を運んで志願の意志を伝えました。温厚な分隊長は「一時の感情ではないか」と、静かな口調で質問されたのです。この後、分隊全員を集めた集会で、分隊長が声をあげて泣いていたのを忘れられません。こうした「特殊任務」は、海軍内でも積極的な支持を得ていなかったのでしょう。分隊長の涙を見てから、私はそう受け取りました。

——ジャーナリストで、参議院議員を三十年間にわたって務めた田英夫氏（一九二三年～二〇〇九年）**は、やはり学徒出陣で東大から海軍に徴集され、お二人と同じ第四期予備学生でした。特殊兵器要員の募集を告げられた日のことを、著書『特攻隊と憲法九条』**（リヨン社）**に書かれています。**

〈私の頭の中では、「特攻隊を志願しないということは『非国民』だ」という言葉がすぐ浮かびました。非国民という言葉は、すでに社会でひじょうによく使われていました。「そんなことを言うと非国民と言われるぞ」などと。（中略）ですから前提としては、志願しなければいけないということが頭の中にあるわけです。その一方で、なぜか家族と一緒に旅行をしたときの楽しかった光景が、ボッと一枚の写真のように浮かびます。（中略）

ほんとだったら、生きていたい、いや、死にたくない、しかし死ななければ……、お国のために死ぬことはすばらしいことだぞ。いや死にたくない——こういう心の葛藤になるはずなのですが、そういう葛藤にはならないのです。お国のために死ね、特攻隊を志願しろというのは、まともに出てくるけれども、一方は、家族との楽しかったという格好（旅行したときの楽しかった光景などが浮かぶ）で頭の中に出てくる。それだけ、すでに軍国青年に仕立てあげられていたということかもしれません。つまり、私たちの頭の中には、「はい」というスイッチしかなかったのです。「いいえ」という答えを選択するスイッチはなかったのです〉

——田氏は手記に「非国民」を例示して、当時の状況を説明しています。忠正さんは「当時の雰囲気」に言及され、忠熊さんも「志願するのが当然」と思ったそうです。日本列島には、そのような「空気」が充満していた、と納得できました。

実は海軍特攻隊を経験した作家の島尾敏雄氏（一九一七年～一九八六年）と、海軍特攻隊から生還後に日銀マンになった吉田満氏（一九二三年～一九七九年）の対談でも、そのことが話題になっ

ています。ちなみに島尾氏は九州大を繰り上げ卒業して第三期予備学生となり、海軍特攻隊で「第一八震洋隊」の指揮官を務めるなかで終戦を迎えました。体験をもとにした小説『出発は遂に訪れず』や『魚雷艇学生』を著しています。吉田氏は東大から学徒出陣して第四期予備学生となり、戦艦大和の沖縄特攻作戦に参加しました。少数の生還者の一人で、著書に『戦艦大和ノ最期』があります。

〈**島尾**　だいたい、あの時期にはね、どういうんですか、生き残るということはちょっと考えられなかった。そして、負け戦さだということはなんとなく分かりましたからね。（中略）自分が死ぬことによって、漠然としているけれども、日本の人たちがそのあとで幾らかでもいいようになるなら、もって瞑すべしだ、ぐらいのことは考えていたわけですよ。そしてね、もうそういう機構の中に入り込んじゃってるわけですから。そして、もう朝から晩まで訓練、訓練でしょう。それがまた単調で、つらい訓練ですからね。違った配置に行くということが、それだけで嬉しいんですね。とにかくどっか別の配置に行きたい。もう特攻でも何でもいいわけなんだ（笑）。そういう気持がちょっとあった。

吉田　死ぬということは、もう当時はね、死ぬということ自体は、別にそんなにいやとかなんとかいう余地はないですから。どうやっても、結局は死ぬんだし、逆にいえば、万一生き残って敗戦後に苦労するのは、かなわんというのが、正直な気持ちで。そこが今と一番違うでし

ょうね。（中略）

島尾　ああいうふうに、どういうんですか。全体がいきり立ってるときに、よほど自分になにか確かな信念と思想があるのでなければ、そうでないこと、つまり志願しないということは非常に困難だ、そういう雰囲気はあったかもしれませんね〉（島尾敏雄・吉田満著『新編　特攻体験と戦後』中公文庫）

――特攻隊を志願しなければいけない、という「空気」（雰囲気）の存在に、島尾氏は言及されました。では「空気」とは何か、ということになります。山本七平氏（一九二一年～一九九一年）は著書『「空気」の研究』（文春文庫）で、次のように説明しています。

〈ある小冊子で、専門学者が公害問題について語っているのを読んだが、多くの人は「いまの空気では、到底こういうことはマスコミなどでは言えない」という意味の発言をしている。（中略）たとえ資料に明らかでも「口にできない空気」があるそうである。この傾向は公害だけでなくすべての面にある。従ってもし日本が、再び破滅へと突入していくなら、それを突入させていくものは戦艦大和の場合の如く「空気」であり、破滅の後にもし名目的責任者がその理由を問われたら、同じように「あのときは、ああせざるを得なかった」と答えるであろうと思う。（中略）「空気」とは何であろうか。それは非常に強固でほぼ絶対的な支配力をもつ「判断の基

準」であり、それに抵抗する者を異端として、「抗空気罪」で社会的に葬るほどの力をもつ超能力であることは明らかである〉

——そして山本氏は〈天皇制とは空気の支配なのである〉と明記しています。忠正さんと忠熊さんが「学徒出陣」の前に列車内で、「天皇を頂点とする制度の問題」について話し合われたように、皮膚感覚で重苦しい「空気」を感じ取っていたのだと察しました。この「空気」は絶大で、お二人は特攻隊を志願されます。

一方、田氏ですが、家族のことが頭から離れずに葛藤は続き、結局、志願を申し出る時間をオーバーしました。志願者を見送った後は〈内心忸怩《じくじ》たるものがあるというそんな精神状態で訓練をつづけました。死ぬ決心ができなかったことへのうしろめたさを消すことができませんでした〉と述べています。

ところが、なんと二カ月後の十二月に、田氏は特攻隊に配属されるのです。

〈戦況がいよいよきびしくなっていたということが原因でしょうけれども、もうその段階では配属というかたちで私は震洋特攻隊に配属されました。ですから「回天」であれ特殊潜航艇であれ、もう海軍としては志願というきれいごとではすまなくなった。もう配属で特攻隊を決めていったのだと思います〉

――かくして田氏は、忠熊さんと同じ震洋特攻隊に配属されました。田氏の体験談を読みますと、あえて最初に志願制を打ち出したのは、命令による配属をしやすくするための欺瞞的措置だったのではないか、と飛躍して考えたくもなります。

忠正さん　私たちの対潜学校から「特殊兵器」の要員として選抜された四十人は、十月下旬に学校を後にしました。教官の引率で東京に行き、明るいうちに出発したのです。列車の窓越しに母校慶應の見慣れた赤レンガの図書館が目に入ったとき、「ペンは剣よりも強し」の格言は何だったのかと、妙に複雑な感懐に揺さぶられました。

忠熊さん　航海学校を出るときは一班と二班に編成されていました。その区分の意味するところはわかりませんでしたが、私は二班に号令をかける役割だったと記憶しています。海軍独特の帽子を頭上で回して別れを告げる「帽振れ」を受けて、東京駅から博多行きの急行列車に乗りました。ただし、この時点でも行き先は教えてもらっていません。

博多駅で乗り換えて下車した駅は、長崎県の大村湾に面した小串郷《おぐしごう》です。目の前の海に、例の〈グリーンピース〉と魚雷艇が見えました。小串郷の駅に迎えに来ていた下士官の自転車に、「回天隊」と書かれた札がついていました。聞いたことのない名称なので、何だろうと異様に感じたものです。

着いた先は、川棚魚雷艇訓練所でした。この川棚の訓練所で、一緒に航海学校をあとにしたときの一班が「回天隊」に、私たちの二班が「震洋隊」に配属されたのです。武山海兵団学生隊で同期だった水雷（魚雷艇）学校の予備学生も来ていましたが、私たちとは切り離され、別の宿舎に入りました。その後、水雷学校の学生のうち二十人が「震洋隊」に加わっています。

忠正さん　長崎県の川棚に設けられた魚雷艇訓練所には、私たち対潜学校から選抜された四十人と、航海学校からも四期の予備学生四十人が集められました。実は航海学校組のなかに、弟の忠熊がいたのです。私は「回天隊」に配属とのことだったが、人間魚雷らしいという程度で、実物を見たことがないのでよくわかりませんでした。弟の忠熊が配属された「震洋隊」は「マルヨン兵器」のことで、沖合を高速で走っている緑色の小さなボートだと聞きました。

忠熊さん　航海学校の訓練中に見かけたとき、私たちが〈グリーンピース〉と名づけた震洋艇は、自動車のエンジンを使ったベニヤ板製の高速モーターボートです。主として敵の上陸用艦船や舟艇に体当たりして撃沈を狙う特攻兵器で、艇首に二百五十キロの炸薬を取りつけていました。長さ五メートルの一人用（一型）と七メートルの二人用（五型）があり、速力は二十七ノットから三十ノットです。この材料ですから、大量生産が可能でした。海軍は米軍の本土上陸を阻止するために、輸送船や上陸用舟艇を攻撃する兵器として期待をかけたのです。

〈このような〝兵器〟が最初に提案されたのは、ミッドウェー海戦で大敗北を喫した後だったという。提案者は連合艦隊作戦参謀・黒島亀人大佐だった。黒島はミッドウェー海戦で出撃した空母四隻すべてが失われたことで、戦局の行方を初めて深刻に受け止めたらしい。海軍は正規空母六隻で開戦し、そのうちの四隻を一挙に失ったのだから無理もない。（中略）黒島の提案した特攻兵器は「舷外機付衝撃艇」として承認され製造が始まった。これが「震洋」であり、太平「洋」を驚かせ「震」え上がらせるという意味の命名である。部隊編成開始は昭和十九年八月であり、航空特攻開始より二カ月以上早かった〉（近現代史編纂会編『図解　特攻のすべて』山川出版社）

航海学校で船乗りの訓練を受けてきた私たちにしたら、震洋艇は簡単な構造だから操法や航法はさほど難しくはありません。小艇のため風波や潮流などの影響を受けやすく、気象の変化には注意しました。また夜襲が基本だったので、夜間の訓練が重視されたのはいうまでもありません。手旗信号を使えないので、懐中電灯の点滅を利用したモールス信号になります。

忠正さん　私が乗ることになっていた「人間魚雷回天」（マルロク兵器）の訓練所は、山口県の光基地でした。しかし「回天」の製造が遅れていたため、川棚魚雷艇訓練所で「震洋艇」（マルヨン兵器）を使って襲撃訓練をすることになったのです。

――この後、お二人は特攻兵器の「回天」と「震洋」で、出撃を前提にした襲撃訓練に入ります。ここで時間軸を戻しますと、お二人が「特殊兵器」の搭乗員募集を告げられた翌日、つまり一九四四年十月十九日のことですが、海軍に「神風特別攻撃隊」が誕生しました。フィリピン・ルソン島のクラークフィールド基地の海軍航空隊に、第一航空艦隊司令官として大西瀧治郎中将が赴任したときのことです。

〈大西がフィリピンの一航艦司令長官としてマニラに赴任する前に、大本営海軍部の航空参謀・源田実大佐らとのあいだに、特攻をおこなうことについて十分な打ち合わせがおこなわれたようだ。総称として神風特別攻撃隊と呼ぶことや、最初の特攻隊には「敷島隊」「大和隊」「朝日隊」「山桜隊」などの名前をつけることまで合意ができた〉（森山康平著／太平洋戦争研究会編『特攻』河出文庫）

――最初の特攻隊の名前は、本居宣長の古歌「敷島の大和心を　人問はば　朝日に匂ふ山桜花」からつけたといい、敷島は日本の別称でした。関行男大尉を指揮官に敷島隊など四隊が編

成され、十月二十一日にルソン島の各航空基地からそれぞれの隊が出撃しています。爆装した零式艦上戦闘機（零戦）**を、四機ないし五機を駆っていました。**

忠熊さん　搭乗者が必ず死ななければならない、そんな兵器は古今東西にわたって存在していませんでした。しかし、海軍軍令部では神風特別攻撃隊が結成される前から、「回天」や「震洋」などの特攻兵器の開発を進めています。「決死」ではなく「必死」の兵器を、採用する前提に立っての開発です。

一九四四年九月に海軍特攻部が設けられ、十月十八日に私たち予備学生を対象に特殊兵器搭乗員の志願者を募ったのです。特攻要員として、私たち予備学生の採用を重視していたことは明らかでしょう。航空特攻を始める前から、海軍の軍令部は「金物」と称する九種類もの特殊兵器の実験に着手しました。

――そこで特攻兵器について、前掲の『回天記念館と人間魚雷「回天」』から引きます。

〈太平洋戦争では数々の特攻兵器が開発され使用されてきましたが、これらの過程は次のとおりです。

「必死の兵器」は使用しないという海軍の慣例を破り、現場からのボトムアップにより「回天」の開発がスタートします。これを受け、次に海軍中枢部からのトップダウンで「震洋」の開発が指示されます。さらに1・2トンの炸薬を積み込み、グライダーにエンジンを搭載して敵艦に体当たりする「桜花《おうか》」が、再び現場からのボトムアップで開発されてきます。そうした中、特攻兵器の開発や調達を一元化して管理するために、海軍省の中に特攻部が設置されることで軍を挙げての特攻体制が整っていきます。このように特攻をタブー視しない環境ができあがったことからその後、以前より提案がなされていた航空機による特攻作戦が、アメリカのフィリピン進攻に合わせて遂に実施されます。

一般的に特攻というと、「回天」よりも視覚的インパクトが強い航空機によるものがよく知られています。しかし、特攻作戦を振り返ってみると「回天」という兵器は重要なきっかけをつくった兵器であることが分かります〉

忠熊さん　海軍の航空特攻が初めて公表されたのは一九四四年十月の神風特別攻撃隊ですが、実は前年から特攻機「桜花」の計画を進めていました。搭乗員の乗った大型滑降爆弾を一式陸上攻撃機の胴体につるし、敵艦を見つけると離脱して体当たりする、いわばグライダーみたいな「空飛ぶ人間爆弾」です。「桜花」は後にロケット推進に改良され、大量に製造されました。神風特攻隊が出現する前から、こうした「必死」の特攻機が計画中だったことは、航空特攻が突如として決まったのではないということでしょう。

さて「海軍省公表」（十月二十八日）が、連合艦隊司令長官・豊田副武《そえむ》の名によって発表されます。この公表によれば、第一回の神風特攻作戦は関大尉のほかに四人の隊員（十九歳と二十歳）によって、十月二十五日に米軍の航空母艦一隻を撃沈、一隻を炎上撃破し、巡洋艦一隻を轟沈《ごうちん》させる戦果を収めたので、その殊勲を認め全軍に布告するとの内容でした。

これを受けてメディアは、関大尉と敷島隊を「航空特攻の第一号」として大々的に報じました。しかし「特攻死」であれば、関大尉より四日前の十月二十一日に戦死した「大和隊」隊長の久納好孚《こうふ》中尉になるでしょう。後に二人は「特攻戦死」により、関大尉は中佐に、久納中尉は少佐に、それぞれ二階級特進しています。

〈当時のジャーナリズムは十月二十五日に突入した関大尉の隊を〝特攻第一号〟として大きく報道した。これに対し、戦後の論者は「関大尉よりも久納中尉の方が先であった。関大尉を先にしたのは兵学校出を真っ先に出したという宣伝を大本営が好んだからであろう」と批判し、また別の論者は「久納中尉が先であったことは間違いないが、戦果確認が出来なかったので、空母撃沈を確認された関大尉の敷島隊が第一号となったものであろう」と推測している〉

（豊田穣著『海軍特別攻撃隊』集英社文庫）

〈特攻出撃による戦死者は、先に久納好孚中尉、佐藤薫上飛曹が出ている。突入に成功したのも、状況証拠から時系列で並べると、菊水隊、朝日隊、次に敷島隊の順である。それなのになぜ、関大尉が特攻第一号として報じられたのか。門司（親徳）副官は解説する。

「久納中尉、佐藤上飛曹の場合は、最期を確認されていない『未帰還』で、すぐに戦死認定とはならない。敷島隊の戦果が司令部に届いたのは、十月二十五日午後の早い時間で、菊水隊の報告は夕方、朝日隊の報告自体がありません。司令部の時間軸で見るとこうなりますが、要するに、関大尉は、敷島隊の指揮官であると同時に、十月二十日、最初に編成された第一神風特別攻撃隊の全体の指揮官でもあるんです。だから、突入時間がどうあれ、最初に報じられるのは関大尉というのが、海軍の筋の通し方としては当然でした」〉（神立尚紀著『特攻の真意』文春文庫）

忠熊さん　指揮官として関大尉を指名していますが、この人選には理不尽さがつきまとっています。白羽の矢を立てられた関大尉の「肉声」が、そのことを物語っているのではないでしょうか。ちなみに関大尉は艦爆（艦上爆撃機）の優秀なパイロットで、戦闘機乗りではありません。このとき関大尉は二十三歳、結婚して一カ月でした。

〈同盟通信特派員の小野田政は、関大尉に会え、その本音ともいうべき最後の言葉を聞き取っている。それは、「日本もおしまいだよ。ぼくのような優秀なパイロットを殺すなんて。ぼくなら体当たりせずとも敵母艦の飛行甲板に五〇番（五〇〇キロ爆弾）を命中させる自信がある」という無念の言葉であり、（中略）そんな関と別れたあとも、小野田特派員の耳から消えぬつぶやきというか、悲痛なぼやきがあった。それは、「どうして自分が選ばれたのか、よくわからない」という当然過ぎるものであった〉（城山三郎著『指揮官たちの特攻』新潮文庫）

海軍が航空特攻を計画し、実行に移したとき、陸軍もまた航空特攻の計画を進めています。九九式双発軽爆撃機と六七式重爆撃機の機首部に、三メートルの起爆装置を突き出させるという特殊な特攻機でした。

陸軍航空隊の熟練パイロットは、このような「体当たり戦法」に納得していません。攻撃機が突入していけば、敵艦船は回避行動を行うし、上空には艦船を護衛する戦闘機もいます。この条件で「体当たり攻撃」をせよというのは、熟練パイロットでも首をひねるでしょう。そこで彼らは、爆弾を海中に投下して離脱する「跳飛攻撃」を主張したといいます。海中に落とした爆弾が跳飛して、敵艦に命中する、それが「跳飛攻撃」で米軍が戦果をあげていました。

――しかし、陸軍航空本部長の後宮《うしろく》淳大将は、「体当たり攻撃」を有効な戦術と信じて疑いません。航空畑に未経験なため、現場に疎かったようで、保阪正康著『「特攻」と日本人』（講談社現代新書）は後宮について次のように記しています。

〈東條（英機首相兼陸相）が参謀総長になったときに、参謀次長兼航空本部長に就任した後宮淳の次の言によくあらわれている。「突撃は歩兵の清華であり、体当たりは航空の突撃である。これこそが日本陸軍の真の精神である」

日本陸軍は一貫して肉弾突貫作戦を主にしていた。それはいわば伝統のようなものだった。その伝統を航空機にあてはめれば体当たり攻撃になるとの考えである。いわばここで日本陸軍の伝統そのものが逆利用されていたことになる。はからずも東條の説いた精神論は特攻を生み出す空気を醸成していったことにもなった〉

忠熊さん　海軍の神風特別攻撃隊「敷島隊」隊長の関行男大尉もそうですが、陸軍の第一次特別攻撃隊「富嶽隊」隊の西尾常三郎少佐もまた重爆のベテランでした。志願ではなく命令により、西尾少佐はフィリピンの第四航空軍に送られます。このときの司令官は、東條英機前首相の腹心で知られた富永恭次中将でした。

富永中将は陸軍省の人事局長や次官を務めた軍事官僚で、航空畑の経験がなく「歩兵連隊長」と陰口をたたかれるありさまです。東條に気に入られて次官に抜擢されましたが、東條の退任後に中央から遠ざけられて、フィリピンの第四航空軍司令官に就いたのです。フィリピン陸軍航空隊の特攻は、富永中将の持論である歩兵式白兵突撃の精神で推進されたのだから、部下は辟易としたことでしょう。

〈(富永中将の)人事は、フィリピン防衛に少なからず問題を投げかける。その強烈な個性は、フィリピン防衛の責任を持っていた第十四方面軍(山下奉文大将)と確執を生じた。特攻隊の取り扱いに関しても、航空の知識がないにもかかわらず独走することが多く、決定的な問題は「航空は地上部隊の補佐役である」という、戦場の実態を解していなかったところにあるというのが通説である。第四航空軍には八万三千人の将兵がおり、八五パーセントが地上勤務員ではあった。ルソン島に連合軍が上陸し、航空軍が無力化すると、部下を見捨てて勝手に台湾へ〝戦場離脱〟してしまう〉

(御田重宝著『特攻』講談社文庫)

特攻機の目標は空母や戦艦が最初でしたが、しだいに低下していき、実際に撃沈したのは駆逐艦や輸送船などが多くなります。正規の米軍空母で大きな損害を受けた例はなく、撃破されたのは大半が改装空母だったといいます。

また出撃した特攻機にしても、しだいに粗製になってきたため、故障で不時着したケースも目立つようになりました。パイロットにしても十分な飛行訓練がなされないまま出撃を命じられるので、練度不足のため自爆した例もかなり報告されています。

――「愛機に爆装　体当たり」「敵艦もろ共轟炸」(毎日新聞)**と報じられた第一回神風特別攻撃ですが、その実態は軍事官僚出身の陸・海軍幹部の「確執」と身勝手な「暴走」が生んだ「人**

間兵器」の非情に貫かれていたようです。お二人は航空特攻ではありませんが、水中と水上の特攻隊員でした。再び当時のことから、振り返っていただきますか。

忠正さん　長崎県の川棚魚雷艇訓練所は、日曜が外出のできる〈上陸〉でした。上陸日になると、弟の忠熊と二人で汽車に乗って川棚の町に出たものです。海軍ご用達の料理屋の畳座敷にあがって、満腹になるまで食べるのが楽しみでした。

ある日、といっても、私は川棚に一カ月ほどしかいませんでしたが、どちらからともなく言い出して、町の写真館に足を運んだのです。遠からず二人とも死ぬことになるので、二人そろった写真を撮って、「遺影」のつもりで大連の実家に送ることにしました。手元に残っている写真は、私が二十四歳で、忠熊が二十二歳のときです。

さて十一月下旬、回天隊に所属していた航海学校と対潜学校の八十人のなかから、私を含めて三十人が先発組として、山口県の光基地に行くことになりました。後発組になった同期の神津直次によると、先発組が回天の実物を見たとき、脱出装置があるかないかを葉書に暗号で書いて知らせることになっていた。死を覚悟していたとはいえ、少しでも生還の可能性があれば希望を持てます。人間はそう簡単に生を諦めきれるものではないということでしょう。脱出装置がないと知ったとき、後発組は暗澹《あんたん》としたそうです。

——後発組の神津直次氏は、前掲の著書『人間魚雷回天』に、まずこう記します。

〈あのとき、回天隊に入ってしまった者の何人かが、どう感じていたかの証拠は、光基地に先発した者の、残った者への暗号通信である。水上兵器か水中兵器か、脱出装置があるのかないのか。それを確認できたら暗号で教えてほしいと、たのまれていたのだ〉

——先発組からの暗号ハガキは、和田稔氏の発信でした。東大から海軍に徴集された和田氏は、三千三百五十人の予備学生のなかで首席だったことから、学生長を命じらます。忠熊さんと同じ航海学校で訓練を受けてから特攻隊を志願し、忠正さんと同じ回天隊に配属されます。光基地で訓練中に、二十三歳で殉職しました。

神津氏によると和田氏が用意した暗号は、たとえば「和田の歯ナオラズ」は「回天がどんな兵器か不明」で、「工藤にヨロシク」は「回天は脱出不能」といった内容です。

〈和田からの葉書はきっとこんなものだったろう。「水中兵器に脱出装置なし、外出まったくなく、訓練猛烈。日常も締められている」。だが、われわれにとっては「水中兵器に脱出装置なし」だけが重要で、ほかのことは、どうでもよかった。この葉書を受け取るまで、われわれは回天が自爆兵器かどうか知らなかった。たぶん、そうではあるまいかと思っても、まだ一縷《いちる》

の望みを捨てていなかったのだ〉

――和田稔氏のことですが、お二人には、それぞれ忘れがたい思い出があると知りました。本書で参考や引用をさせていただいている、お二人の共著『特攻　自殺兵器となった学徒兵兄弟の証言』（新日本出版社）に、和田氏について多くのページを割いて語っています。あらためて和田氏のことを話していただけますか。

同期の和田稔氏について

忠熊さん　武山海兵団の学生長を命じられただけあって、とにかく頭がきれる男でした。生き残っていれば、必ず日本の指導者になっていたはずです。和田の真骨頂は、天才肌の頭脳だけではなく、家族への情愛がこまやかで、他人に対しては繊細な気遣いのできる男でもありました。

和田とは航海学校の区隊が同じだったので、川棚魚雷艇訓練所に向かう列車で、たまたま同席しています。このとき和田のつぶやいた一言が、今も私の脳裡に残っています。

「グリーンピース……人間魚雷だけは勘弁してくれよ」

私は、どう返答したか覚えていませんが、和田は私に本心を伝えておきたかったのかもしれません。だが和田は、特攻隊に再志願した男です。彼は長男だったので、特殊兵器要員の募集に際して、いったん選抜組から外されました。しかし、熱烈に再志願して特攻要員に加えられたのです。

――和田稔氏については、多くの同期生が「才能と人柄」を書き残しています。岡田英雄氏の自費出版『学徒出陣　一航海士の手記』から、特攻志願にまつわる一文を引きます。

〈武山以来、席を隣りにし、幹部学生として役務に追われ、苦労をともにしてきた和田稔の去就が、私には気になっていた。基礎教程の終末期、和田は術科の選択について水雷を選び、魚雷艇に乗って戦いたいと望んでいた。航海学校に移ってから、考えに変化があったかどうかはわからなかったが、和田の気性では特攻志願に突き進むように思えた。

私は和田に話しかけ、慎重な選択をするように望んだ。和田のようなたぐい稀な才能が、孤独の訓練、孤独の出撃ののち、おそらくは無に帰するであろう空しい行為に終わることの誤《ご》謬《びゅう》と損失を思った。和田が単独で死に立ち向かうことが、ここまで追いつめられたわが海軍の起死回生に寄与するとは、到底考えられなかった。

戦争の帰趨《きすう》の如何にかかわらず、和田には大きななすべき仕事があるはずである。ここで特攻を志願しなくても、航海学校の教程を終わったところで、身を処してもよいのではないか。

しかし、私の意見程度では、彼の心を動かすことができなかった〉

忠熊さん　なぜ、再志願までする必要があるのか、との疑問がわくのは当然でしょう。しかし私は、和田らしいと思うのです。彼個人としては、私もそうでしたが「男のプライド」みたいな一念があったと推察します。卑怯者と思われたくない、という心情です。

加えて、和田は繊細な気遣いをする男でした。予備学生の代表とみなされている和田は、一挙一動が注目されていたので、予備学生が卑怯者であるかないか、和田は自らの行動で示そうとしたのではないか――と私は理解しています。

常に戦闘を前提にしている軍隊という組織にあっては、すばやい決断と行動が求められます。だから和田は、海軍予備学生の代表として、決断と行動の面でも職業士官に劣らないことを示したのではないでしょうか。彼の行動で、すべての予備学生が評価されることを想定して、仲間に対する思いやりと責任から、和田は再志願という挙に出たにちがいありません。

そんな和田ですが、川棚魚雷艇訓練所に向かう私たちの乗った列車が、彼の家族の住んでいた沼津駅に着いたとき、彼は赤ん坊を背負って下車する女性に呼びかけたのです。「和田医院」の地名をあげて、「いま、こどもが通過していったとお伝えください」と、和田は頼みました。和田が自分を「こども」と称したのが、私にはおかしかった覚えがあります。

戦後に遺族から聞いたところでは、この伝言は確かに家族に届いていました。家族思いの和田らしい一面です。繰り返しますが、和田は繊細な気遣いをする男だったので、再志願してまで特攻隊に入りました。内心では「勘弁してほしい」と願っていたにもかかわらず、和田は「人間魚雷回天」で死に、私は〈グリーンピース〉と呼んだ特攻艇「震洋」から生き残ったのです。

忠正さん　和田稔とは回天隊の同僚（八期）です。そのとき私は、光基地での夕食後、同じテーブルの向かい側に座った二人を相手に、常日頃の鬱憤《うっぷん》晴らしをやってしまいました。「世間では大和魂だ、軍人精神だと、ギャーギャー騒いでいるが、戦争は物理力と物理力のぶつかり合いじゃないか、観念だけで勝てるわけないさ」

私の持論とはいえ、口外できることではありません。それまでは、弟の忠態に話しただけです。二人の同期を前に「放言」したのは、誰かに言っておきたい衝動に駆られたのです。「この戦争に、日本は勝てない」と言外にほのめかしたのですが、実は天皇について言っておきたかった。忠態に話したように、天皇を不可侵の頂点とする日本の支配制度こそが、軍事と政治にかかわる問題の本質だと考えていました。

この支配制度には弱点があり、背理のうえにしか、背理の無条件的な信仰のうえにしか成り立たない、と私はみていたのです。海軍に入ってその不合理を体験すると、私の考えは確固となりました。もちろん「危険思想」だと知っていましたので、おくびにも出していません。そこで私は、理屈にあわない精神主義を批判することで、天皇信仰の問題を言いたかったのです。

私は勢いづいて、目の前にいる二人の前で、湯飲み茶碗を指さしました。

「念力みたいな精神主義で戦争に勝てるんだったら、その念力とやらで、この湯飲み茶碗を引っ繰り返してもらおうじゃないか。そんなこともできないのに、なにが大和魂だよ、そうだろう、そうじゃないか」

精神主義の観念には、何の物理力もないという趣旨でした。ところが、このとき和田から声がかかったのです。少し離れた席で、私の話を聞いていたらしい和田は、私の前にいる同期の男を名指しして、「そんな話、するな！」と声を荒らげました。私は言い返しそうになったが、話の内容が内容なので我慢を決めこんだ。名指しされた同僚は「俺は何も言ってないじゃないか」とつぶやいてから黙りこみました。その場は、こうしておさまったのです。

それから数日後、瀬戸内海の大津島に一隻の魚雷艇を受け取りに行くことになりました。私と和田が指名されたのですが、先任の和田が任務を受けたとき、同行者として私を指名したのではないかと、後々になってから思い当たったのです。和田はそうしたことのできる立場にありました。

大津島に着くや、先任将校のＣ大尉を訪ねました。到着したことと訪問の目的を、まず先任将校に報告する必要があったのです。ところがＣ大尉が不在だったので、八期の仲間がいる居室に行って話しこみました。夕食のすき焼きに大満足し、さらに話の続きに夢中になった覚えがあります。

　翌朝、士官食堂で、朝食を終えようとしたときです。突然、「そこの、光からきた二人、ちょっと来い」と、C大尉の声が飛んできました。私たちは食堂の窓際に立たされ、罵声に続いて、C大尉の拳骨を頬に数発浴びたのです。年齢は私より若いが、海軍兵学校出身のC大尉は上官でした。

「貴様たち、挨拶もせずに、大きな顔をして泊まったうえ、大騒ぎをして飯を食うとは、なにごとだ、バカモン」

　さらに、拳骨の連打です。私たちは大きな顔も大騒ぎもしていませんが、不在をいいことにC大尉への挨拶を忘れていたので、弁解のしようもありません。それにつけても、訪問先の衆人環視のなかでの「修正」だから、私も和田もプライドを傷つけられました。

　光基地への帰途、私と和田は不機嫌な気分をいだいて、潮風のあたるデッキに立っていました。C大尉の病的な目を思い出しては、俺より年下の若造のくせに大きな顔をしやがって、と一人で毒づいたものです。あたりに誰もいないとわかると、和田が話しかけてきました。

「おい、岩井、貴様がこの間、話していたことだがな、実は俺もそう思ってるんだ」

　私の「放言」のことだな、とぴんときましたが、あのときの和田の差し止め方が気に入らなかったので、素っ気なく「うん、そうか」と返しただけでした。それきり、この話題を和田が持ち出すことはなく、私の思慮が及ばなかったと悔恨するのは後のことです。

和田はなぜ、私の「放言」に対して、「俺もそう思っているんだ」と言ったのか――。和田が「同感」の意を示したので、私の真意を理解してくれたと考えたい。回天隊は八期の先任として、「そんな話をするな」とたしなめたものの、内心では自分も同感だと思っていたのではなかろうか。C大尉に「修正」された仲間の私に対して、和田はちらりと心底を見せてくれたにちがいない。我田引水かもしれないが、私にはそのように思えるのです。

戦後、和田の遺稿集『わだつみのこえ消えることなく』（筑摩書房）が刊行されたとき、私は真っ先に敗戦時（一九四五年）の春の頃の記述に目を通しました。私の「放言」はもとより、和田がたしなめたことも、C大尉の「修正」のくだりもありません。

和田は沈黙したのだろうか、そうだとすれば何を意味するのか。私は後々に、和田はあえて書かなかったのではないかと思い至った。私の「放言」は、当時の「必勝の信念」や「国体論」の根底をなしていた「精神主義」や「非合理主義」の批判に該当するので、まぎれもなく体制批判です。和田はそのことに気づいていたので、あえて書かなかったと思えてならない。

そこで後日談を紹介します。和田からの「同感」に対して冷たく対応したことを、私はずっと悔やみ、彼が非業の死を遂げてから五十年目に二人の妹さんに鎮魂文のような文書をお送りしました。和田の妹さんは、回天隊の八期と九期の世話役をしていた神津直次に、私の件を話したそうです。

神津は和田の日記を精読していて、『わだつみの声消えることなく』に載っていない〈C大尉〉（原文は実名）の文字を見つけたのです。神津の見方は、和田は悔しさのあまり、C大尉とだけは書いたが、その事実については書き残さなかった、ということでした。

これで私は、合点できたのです。和田は書く対象を、彼のなかの基準で、取捨選択していたのでしょう。これは危ないと考えられること、私の一件もしかりですが、和田の「自己規制」が働いて書かなかったと思われます。

それでも気配りの和田であり、他人に対して心優しいので、あえて私と二人の時間を持つことをして、私の「放言」に賛意を示してくれたにちがいありません。和田の日記などからうかがい知れない、彼の考え方というか、せっかくの「告白」を聞きながら、あのような冷淡な態度をとって、和田との会話を打ち切った自分の愚かさが悔しくてなりません。

――特攻隊員たちの「遺書」には、行間に秘められた「声」のあることが、よく理解できました。和田稔氏はお二人に「本心」を伝えておきたかったにちがいありません。

忠正さん　特攻隊員の「遺書」に関してですが、若い人たちには勇ましい記述の背後にある感情を想像してほしいのです。私の体験からして、まず第一は、本当は死にたくないが、家族のことを考えて喜んで死にますと書いたのではないでしょうか。第二は、自分を励ますというか、慰める意味で勇ましく書いていると察します。この二点を念頭に置いて特攻隊員の「遺書」を読むことが、彼らの気持ちを理解することに繫がると思います。

——さて、和田稔氏ですが、二〇一一年八月に山口県の上関町に「回天特別攻撃隊隊員　和田稔記念碑」が建立されました。〈記念碑は白御影石製で高さ約2・2メートル、幅約1メートル。2人が別れを惜しんで手を取り合う姿や海に向けられた穴は内部から開けられない回天の出口を表現したという〉（『山口新聞』二〇一一年八月二十六日付紙面）。碑文の結びは、次の通りです。

〈この記念碑で、戦争の実態を振り返り、戦争の無残さと平和の尊さを後世に受け継いで欲しいと願っています〉

第六章　「回天」「震洋」「伏龍」の襲撃訓練

これが棺桶とは――「回天」に愕然

――一九四五年の春先、敗戦の夏を前にしてのことですが、軍部中央は「本土決戦」を掲げ、なんと「一億玉砕」を訴えるようになります。このとき、お二人は海軍の「特攻兵器」による襲撃訓練に明け暮れ、出撃の準備に追われる日々でした。瀬戸内海に面した山口県の光基地で、初めて「人間魚雷回天」と対面した岩井忠正さんに回想していただき、続いて特攻ボート「震洋艇」の教官として飛行予科練生の訓練を担当された岩井忠熊さんにお願いします。

岩井忠正さん　山口県の光駅で下車した私たち「回天隊員」の手荷物は、迎えのトラックで運んでくれると聞いて有り難いと思いました。ところが荷物を預けるや、なんと隊伍を組まされ、駆け足を命じられたのです。これまでの早駆けどころか、全力疾走を強制されました。晩秋の十一月下旬でしたから厚手の軍装に身を固めており、しかもつっている短剣を左手で押さえて走るので、スピードを出せるわけがありません。

「遅いぞ」「モタモタするな」

強い怒声を浴びながら、三十分も走ったでしょうか、どうにか衛門をこえて練兵場にたどり着きました。しかし、これで終わりません。さらに練兵場を三周も走らされたのです。このあと「貴様たち、だらしがない」と一喝されて、お決まりの「修正」が待っていました。

「回天隊の軍紀厳正なること、大和、武蔵以上である。貴様たち、ここに入ったからには、腐った性根をたたき直してやる、覚悟しろ」

戦艦大和や武蔵を引き合いに出して説教されたあげくに「修正」を受けたのが、私たち第四期予備学生から選抜された三十人です。光基地の回天隊内では「八期士官講習員」と呼ばれました。

ひどい目に遭った翌日、私たちは引率されて回天の整備工場に行き、そこで実物と対面しました。低い台に載せられた黒い筒型の物体は、最大直径が一メートル、長さは十四・七五メートルとのことです。なんとも不気味な鉄製の物体は、最後尾に二重反転のプロペラがついているので、魚雷だとわかりました。二重反転プロペラにしないと、プロペラが回ると本体が回転してしまうのです。中央部に一本突き出た小型の特眼鏡（潜望鏡）は、人間が乗って操縦するものだと告げていました。これが人間魚雷「回天」だったのです。

大学から海軍にとられたとき、私は死ぬことは避けられないと覚悟していました。しかしながら、回天を目の当たりにすると、こんな黒塗りの円筒の中に入って死ぬのか、これが俺たちの棺桶《かんおけ》なのか……と絶句した覚えがあります。事実、上官からは「これが貴様らの棺桶だ」と言われました

みんな黙りこんでいたので、きっと私と同じ心境だったのでしょう。光基地に来る途中で、同期の誰かが言ったものです。

「人間魚雷にされてしまうかもしれないが、人生最後の門出にふさわしく、きっと立派な応接間みたいな設備があるんじゃないか」

私は内心、そうかもしれない、と肯定的でした。ところが、実物の上部ハッチを開いてなかを覗きこむと、俺はなんと大甘だったのか、と思い知らされます。やっと一人だけ入れるだろうかという狭さのうえ、粗末な操縦席を囲むようにハンドルや計器類がひしめき合って並んでいました。目を凝らしても、脱出装置らしきものはありません。鉄のにおいが充満しており、無機質で冷え冷えとした印象でした。愕然とさせられた、このときの衝撃を、私は終生忘れることができません。

――そこで、あらためて「回天」（マルロク兵器）**です。第五章で紹介しました『回天記念館と人間魚雷「回天」』によりますと、特殊潜航艇**（甲標的）**の開発や訓練を行っていたP基地**（広島県・倉橋島大浦崎）**所属の黒木博司中尉と仁科関夫少尉は、甲標的の成し得る成果に疑問をい**

だいた末、**「人間魚雷の戦略的用途について」と題する文書を、海軍省軍務局や軍令部などの中枢部に宛てて送付します。この資料が連合艦隊の目に留まりました。同誌はこう記しています。**

〈そこで考え出されたのが、魚雷自体を人間が直接コントロールして敵艦に体当たりする方法で、着目したのが艦船から発射させる九三式酸素魚雷です。太平洋戦争が始まった当初、日本海軍は艦砲射撃やこの魚雷を使った夜戦を得意にしていました。しかしその後、アメリカの艦船にレーダーが搭載されると日本の艦船が近づけなくなり、さらに戦いの形態も艦船が対航空機に変化していきます。その結果、九三式酸素魚雷は使用される機会を失います。その倉庫に、日の目を見ないで眠っていた九三式酸素魚雷をベースに開発されたのが「回天」でした。（中略）魚雷は一旦停止や後退、さらにエンジン自体を停止する必要がないことから、「回天」にもそうした操作を制御できるシステムは設置されていませんでした。そのため操作を誤って海底に突っ込んだり、海岸に乗り上げたりした場合、「回天」は自力でその状態から脱することはできないことになります。

この機能が設けられなかったことにより、訓練中の「回天」が海底に突入して動けなくなり、救助が間に合わなくて搭乗員が酸欠で亡くなる事故が実際に発生します。また出撃して進路を誤り、「回天」を海岸に座礁させ動けなくなったため自爆する搭乗員も現れます〉

——なんとも心もとない、いや致命的な欠陥の多い兵器だったのかと驚きました。発案者の黒木中尉と同乗者が訓練中に事故死したことが、そのことを物語っています。人間魚雷「回天」に固執した黒木大尉（殉職後に中尉から大尉）**といえば、東京帝国大学の平泉澄教授の思想に感化されていたとのことです。国史が専門の平泉教授は皇国史観を説いて、海軍大学校でも講義をしました。忠熊さんの旧制姫路高校の恩師だった西洋史の江口朴郎教授は、第二章でふれたように平泉教授に言及してから、志望大学を決めるうえでアドバイスされました。**

岩井忠熊さん　そうですね、江口さんは東大の平泉澄教授の言動に批判的でした。江口さんに感化されて歴史を学ぼうと思い、志望大学を決める際、江口さんに相談したのです。江口さんからは「東大の国史にだけはいかないように」と忠告されました。当時の東大は、平泉教授を中心とする皇国史観が全盛だったのです。私は江口さんのアドバイスに従い、東大をさけて京大に入学しました。ところがわずか二カ月で、学徒出陣により徴集され、つまるところは震洋特攻隊に配属されたのです。

——再び黒木大尉ですが、P基地で彼と何度も語り合ったのが、甲標的の元艇長だった小島光造氏です。小島氏は、黒木大尉の遺書に〈恩師平泉先生〉と出てくる点に着目して、著書『回

天特攻』（光人社ＮＦ文庫）**に〈黒木はいかに平泉先生を尊敬していたか、また平泉先生の感化がいかに強かったか、を如実に示しているといえよう〉と明記しました。また同書には、次の記述が見られます。**

〈（平泉澄の）書を読んでみると、その内容は日本には古来神ながらの道があり、真の日本人とは天皇のために一身を投げうつことであり、これが伝統である、としている〉〈平泉澄の思想は、特攻精神の根底を支配した〉〈黒木は「天皇陛下のために死ぬ、これこそ忠義の道だ」として、かたくなにこの考えを崩さなかった。ここで初めて、平泉澄の感化を受けていることにも気がついた〉

――人間魚雷「回天」を生み出した黒木大尉の皇国思想は筋金入りで、士官講習員に対しても尊王原理主義を説いていたそうです。お二人とは対極にあった黒木大尉の想念により、「回天」は製造され「回天特攻隊」が結成されました。

忠正さん　日本の艦船が多く沈められるようになってから、資材不足のなかで、苦しまぎれに回天をつくりだしたこともあって、かなり生産が遅れていました。それでも、何機かの回天で襲撃訓練を行ったのです。潜望鏡の視界が極めて悪いので、小さな追躡《ついじょう》艇で回天を監視しながら、訓練を続けました。追躡艇の艇指揮が、私たち下級将校の任務です。私の目の前で起きた事故の話をしましょう。

あるとき、追躡艇から双眼鏡で回天を監視していたら、潜望鏡をあげてまわりを見ているのです。その先に岩があったので、舵を切らないとぶつかると察し、発音弾を投げさせました。発音弾は「注意しろ」の信号で、水中で破裂させると回天の搭乗員には聞こえます。

それでも、回天は舵を切りません。もともと魚雷なので、舵のききが非常に悪い兵器ではあります。私は追躡艇を回天に横づけして、回頭させようと全速をかけました。ところが回天は潜ってしまったのです。このままでは危ないので、発煙弾をもう一発投じました。だが回天はそのまま直進し、とうとう岩にぶつかってしまったのです。

私は追躡艇を岩に横づけして、飛び移りました。手にしたのはハンマーかスパナだったかな、それで回天をたたきますが、応答がありません。見ると、操縦席に潜望鏡がぶら下がっているのです。これに頭をぶつけて死んだ事故があったので、嫌な予感がよぎります。回天を基地に回収して開けてみると、搭乗員は死んでいました。私の目の前で起きた痛ましい事故死でした。

飛行予科練習生に震洋艇の訓練

忠熊さん　震洋隊に配属された私は、航海学校を出ていたので、すぐに飛行予科練習生の教官を務めることになります。飛行予科練習生は海軍の航空兵を養成する制度で、予科練の通称で通っていました。飛行機の生産がはかどらないため、彼らは志願によって水上特攻に配置換えされたのです。

陸の航空隊で基礎訓練を受けてきた飛行予科練習生は、船乗りの経験がありません。そんな彼らと一緒に震洋艇に乗りこんで、手取り足取りしては操法や航法を教えたのです。航海学校を出ていたため拒否できない役割とはいえ、「地文航法」や「行船十則」といった初歩的な知識の座学までやったのは冷や汗ものでした。

震洋艇の訓練に出るとき、私の服装は決まっています。上下のつながった作業服（煙管服と称した）に身を包み、さらに上下にわかれたゴム合羽を重ね着し、救命衫《しん》のライフジャケットをつけたうえで、八倍の望遠鏡を首からぶら下げていました。震洋艇の襲撃訓練は高速で行うので波しぶきをかぶります。波浪が強いときは、雨合羽を着ていても下着までずぶ濡れでした。夜間訓練が重視され、夕食後に出港して午後九時頃に帰港したものです。

予科練習生は間もなく二等兵曹になり、私は十二月に少尉に任官しました。すると、いきなり水雷学校の教官に命じられたのです。ともあれ、次々に練習生がやってくるので、相変わらず震洋艇で大村湾を走り回る日々でした。

ところで私たちは訓練中も正帽をかぶったので、帽子の金モールの徽章《きしょう》が潮風に当たって緑青を吹いていました。予科練習生たちは、この緑青の帽子に凄みを感じ取ったといいます。私たちの顔にしても、赤銅色に焼けていたので、佐世保の街に出ても、帽子と顔色だけで震洋の隊員だとわかったようです。

忠正さん 光基地に来て間もないころでした。ある夜、私たち四期予備学生の三十人が全員集められて、少佐の一人から「精神訓話」を聞かされたのです。ほえるだけの味気ない内容のうえに、慢性の睡眠不足と駆け足やカッター漕ぎなどの猛訓練の日々だったので、疲労もたまっていたでしょうから、ついつい睡魔に襲われます。私はなんとか我慢していたのですが、同期のKがガクリと頭を垂れてしまった。少佐は壇上から発見するや、「貴様、ちょっと来い」とKを呼びつけたのです。

壇上で少佐が演じたのは「修正」といったものではなく、憎しみからくる拷問に等しい鉄拳制裁でした。Kの顔面が鉄拳の雨を浴びるたび、見ている自分たちも殴られているようでなりません。少佐の憎しみに燃えた目から、私はサディストのそれを読み取りました。

この日は、これで終わりません。私たち四期予備学生の三十人は「総員整列」をかけられて、約二十人の三期予備学生の少尉たちから「修正」を受けたのです。左右で二発、左右二発ずつの四発もありました。そうして少なくとも四十発はくらったのです。鼻血は出るわ、口の中は切れて血の唾にまみれ、頬は腫れあがりました。

対潜学校の「修正」から逃れることができるものなら、特攻でもいいやという気持ちもあったのですが、これはとんでもないところに来てしまったと……と悔やんでも後の祭りです。どうせ短い命だろうから、なんとかここでやっていくしかない、と言い聞かせて過ごしました。

忠熊さん　震洋の訓練中に起きた事故を、海に飛び込んで処置したことが三度あります。突然の風雨に見舞われて、エンジンカバーを海中に吹き飛ばされたときは、このままではエンストになる恐れがありました。一緒に搭乗していたのが海軍兵学校出身の中尉ですので、後任の私がカバーを担ぎ上げるしかありません。エンストになれば助からないかもしれないので、必死の覚悟で私は荒天の海に飛びこみました。よくぞ、溺れなかったものです。寒中水泳をしては、身体ごと海に馴れるようにしていたのが良かったのでしょう。

死出の旅立ち前に「繋がり」を確認

忠正さん　これまで話してきたように、海軍ではやたらと威張ったり、むやみに鉄拳を振り回す、とんでもない連中がのさばっていました。それでも好感の持てる人物もおり、三好守中尉がその一人です。甲板士官も兼ねていたと思いますが、いつも陽気で、さっぱりした気質でした。私たちを予備士官だからといって、差別するような態度に出ることはありません。たまに開かれる演芸会では「向こう横町のタバコ屋の、可愛い看板娘、年は十八、番茶も出花、愛しじゃないか」と流行歌の「タバコやの娘」を歌っては、愛嬌を振りまくような人物です。

好人物の三好中尉ですが、回天の訓練事故で一九四五年三月二十日に殉職しました。水上船舶を攻撃目標にして、襲撃訓練をしていたときのことです。回天を目標艦の腹の下につけたままでは良かったのですが、潜航深度が浅かったため、引っこめたはずの潜望鏡が目標艦に激突してしまった。実戦だと敵艦の船腹にぶちあたるのですが、訓練だから目標艦の下をくぐり抜けなければなりません。結局、三好中尉は潜望鏡で額をしたたかに打ちつけたのです。

事故にあった回天が回収されたとき、下部のハッチが開けられて、ドサリと落ちてきたのが三好中尉です。中尉の死体とともに流れ落ちたのは、赤茶けた海水でした。私たちは信じがたい現実を見せつけられたのです。訓練中の殉職は、私たち自身の運命をいくらか示しているようでもありました。

――三好中尉については、忠正さんと同じ回天隊員だった神津直次氏が、前掲の著書『人間魚雷回天』に次のように記しています。

〈敵の泊地に潜入して攻撃する発想でつくられた回天も、敵の警戒がきびしくなり、回天を運ぶ潜水艦自身が、泊地のはるか手前で爆雷の猛攻を受け、撃沈されたり損傷を受けたりするようになっていた。回天隊では泊地攻撃をあきらめ、航行する敵艦を洋上で攻撃するための訓練を重ねていた。その第一陣は、光基地では三好中尉の隊となるはずだった。……事故は続けざまに起こった。三月二十日、三好守中尉（海兵七十三期）が殉職した。出撃をまぢかに、航行艦襲撃の腕にみがきをかけている最中の事故だった。……下士官搭乗員のあいだに人気が高かった。快男子の生命は出撃を目前にして光の海に散った〉

――神津氏は〈毎日毎日、死と直面する訓練だった〉と書き留めました。そうした日々にあって、第五章で紹介しました田英夫氏は著書『特攻隊と憲法九条』に次のように記します。多くの特攻隊員に共通している心情ではないかと思いますので、ここに引きました。

〈そのころ世間では、「靖国神社で会いましょう」とか「死んだら靖国神社にまつられる」「神様になる」「お国のために死ぬのはすばらしいことだ」ということがマスコミで言われていたわけです。さて、特攻隊で一緒に暮らすようになってみると、まさしく一緒に死ぬんですけれど、「靖国神社で会うんだな」とかいった、そんな甘っちょろいお定まりのような言葉は、まったく口にしませんでした。ただただ死を心の中に抑えこんで生活をしていました。一人一人の死を覚悟した特攻隊員というのは、自分の胸の中に死の覚悟をしまいこんでいますから、口に出して「一緒に死のうな」とか、そんなことを言うことはしませんでした〉

忠正さん　一九四五年一月初めのことです。私のいた光基地から、回天を潜水艦に積んで、出撃が行われました。このときの回天搭乗員は光基地の所属ではなく、大津島（山口県）で訓練を受けた隊員たちで、光基地に一泊することになったようです。

出撃の前夜、搭乗員の一人が私を訪ねてきました。まったく面識のない塚本太郎少尉ですが、私たちと同じ第四期予備学生で回天隊では七期とのことです。なぜ、塚本少尉は出撃前夜に私に会いに来たのか、彼が私と同じ慶應出身だったからなのです。八期に岩井という慶應出身の男がいると聞いて、塚本少尉はわざわざやって来たのです。

彼は簡単に自己紹介しただけで、特に話はありません。自分の死が避けられないと諦観しているらしく、それは寡黙でした。死出の旅立ちを前に、わずかながらでも繋がりのある者との間で、繋がりを確認し合いたかったのではないでしょうか。慶應が私たちの「繋がり」でした。塚本少尉は現世のすべてが愛おしいにちがいない、もっと生きたいのだと、私は彼の心情がわかるようでした。そんな彼に、なんと言葉をかければよいのか……。

国のためだ、がんばってくれ——などと空々しいことは言えない。俺も続いていくぞ——と言っても何の慰めにもならないだろう。私は何も言えず、ただ握手をするのが精一杯でした。

一月九日、塚本少尉は「伊四八潜水艦」の艦上に立ち、光基地隊員の「帽振れ」に送られて出航したのです。潜水艦は西太平洋のウルシーに向かう途中に撃沈され、塚本少尉はとうとう帰ってきませんでした。塚本少尉を思い出すと、今でも胸が痛くなります。

撃沈された生き残りで、第三九震洋隊を編成

忠熊さん　第一次の震洋隊編成は一九四四年九月に、横須賀の水雷学校でありました。第三次以降は長崎県・大村湾の川棚臨時魚雷艇訓練所になり、最後は第十五次でした。編成された震洋隊は一四六隊に及んでいます。

練習生がまとまって震洋隊に入ると部隊が編成され、部隊長の下に三人の艇隊長がつきます。艇隊は一人乗りの震洋艇十二隻から成っており、私たち予備学生の少尉は任官とともに艇隊長になる予定だったので、最初から部隊編成に加わりました。通常は隊長の名前を部隊名にしており、私は加茂中尉を隊長とする加茂部隊で、実質的な艇隊長を務めていました。

ところが私の場合、一九四四年十二月二十五日に海軍少尉に任官されると、いきなり海軍水雷学校の教官を命じられたのです。震洋隊の編成替えにより加茂部隊が中国の舟山島に配置されることになり、私は加茂部隊を離れて教官に就きます。教官は震洋講習員の教育を受け持ちながら、しかし実態は戦死などで欠員が出たときの穴埋め要員でした。

教官を数週間だけ務めると、航海学校から一緒だった同期の菅原敏夫少尉と私の二人が、第三九震洋隊の艇隊長を命じられます。隊長は三期予備士官の大串卓造中尉です。実は大串中尉は第一五震洋隊長として、第一四震洋隊とともに貨物船「玉洋丸」でフィリピンに向かう途中、

あやうく海没するところでした。東シナ海で米軍の潜水艦から雷撃を受けて、「玉洋丸」が沈没させられたのです。一九四四年十一月十四日のことで、生還できたのは大串中尉ら半数の搭乗員でした。

〈昭和十九年（一九四四年）十〜十一月は、フィリピンに向かう日本船団の被害が急増したときであった。ハワイから来る米第一艦隊の潜水艦が九州〜台湾までの水域を、オーストラリア西岸から出る米第七艦隊の潜水艦がフィリピン〜台湾の水域を、それぞれ分担し、たがいに日本船何隻撃沈というスコアを誇り合ったからだ。（中略）出港二日目の十一月十二日早朝、長崎の南西四百キロで船団は、米潜水艦に襲われた。特攻艇百十隻を乗せたC型戦標船玉洋丸が真っ先にやられている。（中略）第十四、十五震洋隊を乗せた玉洋丸は、機関部に被雷したので航行不能に陥っていた。四分五裂となった船団は、同船を置いてきぼりにした。（中略）玉洋丸はなお漂流した。そして十一月十四日、上海の東二百五十キロで別のグループの米潜水艦スペードフィッシュにとどめを刺されている。去る十二日の被雷のときには、玉洋丸は船体中央部に被雷して、隊員たちはベッドから転げ落ちた。二日後の未明、一時の電撃では、「総員退去！」の声がないうちに沈没してしまう。第十四震洋隊は戦没者百名、第十五震洋隊は百二十一名をだした〉

（木俣滋郎著『日本特攻艇戦史』光人社）

第一四震洋隊と第一五震洋隊は解散となり、生き残りを集めて第三九震洋隊が編成されたのです。搭乗員は予科練習生ではなく、一般兵科の下士官兵からなり、階級も上等兵曹から水兵長までさまざまでした。

その艇隊長ということですから、私にとって大変な任務です。それでも第一四と第一五の震洋隊員の全員が佐世保鎮守府の所属だったので、第三九震洋隊はよくまとまっていました。艇隊長の私と菅原は、隊員同士の和などに気をつかう必要もありません。再編成された隊ということで、とりあえずまとまって訓練をしなければなりませんが、川棚にいた震洋隊のなかでは一番古い隊であり、練度は高かったです。

侍従武官の視察があったとき、初めてロサ弾（噴射砲、ロケット弾の一種）の発射を実施しました。ロサ弾は大音響で火焔を出して、敵艦の銃座を破壊するのが目的です。震洋艇には二基搭載していましたが、照準すらできないので、命中の確率はほとんどありません。おどしだけの代物でした。

「回天」から人間機雷「伏龍」の特攻隊へ

――ところで忠正さんは一九四五年四月に、人間魚雷「回天」から人間機雷「伏龍」の特攻隊に配属されます。潜水服を着て海中で待機し、敵の上陸舟が近づいてくると、手にした棒機雷

を舟底にぶつけて爆撃する特別攻撃でした。本土決戦を想定したとはいえ、こんな特攻兵器を考えて襲撃訓練まで行っていたという事実に愕然とします。そこで忠正さんに、「伏龍」の体験を語っていただけますか。

忠正さん　まずは「伏龍」隊に配置されるまでの経緯から話しましょう。戦艦大和が海上特攻隊として沖縄に出撃するのを光基地で目撃して間もなくだったので、一九四五年四月のことだった思います。私たち予備士官と予科練出身の数十人の下士官は、新たな回天基地をつくるために、光基地から大分県・国東《くにさき》半島の大神に向かいました。

ところが一週間ほどして、呉の潜水艦基地への転勤命令がきたのです。実は一月に風邪をひいたので軍医に薬をもらって飲んでいたが、いっこうに熱が下がりません。軍医の診断は「肺結核」でした。当時、肺結核は「死の病」と言われていましたが、どうせ死ぬのだから構わないじゃないか、と開き直っていたのです。

そのうち元気になってきたところで、なんと転勤でした。肺結核の診断で「回天」隊を出されたとわかったのは、私と同じように「肺結核」の診断を下されて転勤することになったＦ少尉と話をしてからです。

呉の海軍病院で精密検査を受けましたら、まったく「異状なし」でした。そこで、また転勤命令を受けて、横須賀の鎮守府に行って指示をもらうことになったのです。今度は単身の赴任で、私はトランクを提げて、呉から汽車に乗りました。

鎮守府に顔を出すと、私の出身学校である久里浜の対潜学校に行くように告げられます。嫌でたまらなかった母校ですが、今度は予備学生ではなく一本立ちしている少尉なので、よもや「修正」はないだろうと思いました。

私の配属先は、野比の海岸にある「水際特攻伏龍隊」だったのです。伏龍とは、いったい何だろう、と素朴な疑問をいだきました。説明を受けたのは、敵の上陸地点とみられる海中に潜水服を着て潜み、敵の上陸舟が近づくと、五メートルほどの長さの棒の先に取りつけた機雷を、舟底にぶつけて爆発させるというのです。

米軍は沖縄戦に勝利してから本土に上陸してくるとみて、この上陸を防ぐアイデアから生まれたのが水際特攻兵器です。私は回天隊にいたので、いまさら特攻に驚くこともなかったですが、潜水服を着て海中から攻撃をするという作戦には、正直言ってあきれ果てました。艦船から回された者は、伏龍特攻に仰天したようです。

この頃には、特攻隊は命令による配属になっていました。少尉も中尉もいたのですが、乗っていた艦船が沈められて行き先がなくなった者や、砲術士や航海士も回されています。陸戦から来た者は、もちろん船乗りの経験がありません。それでも海中に潜らなければならない、それが命令でした。

潜水の実習は、隊長の新田勇造大尉以下、予備士官の中尉や少尉ら十数人が手漕ぎの伝馬船に乗りこんで海上に出ます。私もそのなかの一人でした。伝馬船は、水深五、六メートルあたりで錨《いかり》をおろします。

実習訓練にあたり、まずゴム製の潜水服の上着をまとい、続いて同じゴム製の下着をはきます。このあと潜水服の上着の裾を腰に巻いた鉄輪にあわせて、その上からベルトできっちり締める。足はというと、鉛の厚板を草履タイプにしており、それを履いて紐で固定する。それから鉄製の潜水兜《かぶと》をかぶり、首に巻いた鉄板にボルトとナットで締めつけるのです。さらには二本の酸素ボンベと四角い空気清浄缶を一体にして、ざっと六十八キロの潜水具を背負いました。この簡易潜水具は、見た目には大きな背嚢《はいのう》といったところでしょう。

酸素ボンベと空気清浄缶にはゴムパイプがついていて、潜水兜と繋がっていました。腹部には円形の鉛を装着し、潜水兜に直径十五センチの面ガラスをはめこんで、ようやく潜水の準備を終えるのです。腰に命綱をつけてから、海中に下ろした約二メートルの梯子を伝わって、慎重に身を沈めていきます。

沈降時は潜水兜の右後頭部にある排気弁を、頭で押して排気をしなければなりません。この排気作業で体が沈んでいくにつれて、高くなった水圧を受けて、膨らんでいた潜水服がしぼんできます。そうなると沈降速度が増し、服のしぼみも激しくなり、沈降速度はますます加速される。このままでは着地の衝撃が大きくなるので、次なる作業を求められます。腰につけた給気弁を開いて、潜水服に空気（酸素）を送りこまねばなりません。もっとも給気が過ぎると沈降が止まって、逆に浮上してしまうので、この排気と沈降の加減が難しいのです。
浮上する場合は、海面に近づくにつれて水圧が下がるので、潜水服がパンパンに膨れあがってしまいかねない。だから途中で排気弁を頭で押して、排気をしながら浮上します。排気が不十分だと、人間風船になって、海面から飛び出してしまう。お手本を示していた新田大尉も失敗しました。仰向けになって手足をばたつかせているところを、命綱で引き寄せて伝馬船に移すことができたのです。

――なんとも命がけの訓練ですが、『別冊一億人の昭和史　特別攻撃隊』（毎日新聞社）**は〈海軍水際特攻隊〉〈あわれ伏龍隊員〉の項目を設けて、次のように書いています。**

〈海軍水際特攻隊　簡易潜水着の隊員が棒機雷を手に持ち、水中から上陸用舟艇を爆破する。戦争末期とはいえまことに悲しむべき特攻作戦であった。隊員は飛行予科練習生が主で、幹部も大部分が予備学生出身だった。20年6月、伏龍隊と命名され、促成訓練を終えた隊員たちは関東、九州などの地点へ展開していった。伏龍はアメリカ軍の本土上陸を迎撃するための窮余の一策であったが、予期された上陸作戦に対して、果たしてどのような成果があがったろうか。実際には使用することなく終戦となったが、関係者の話によれば訓練中に毎日２～３の殉職者がでたという〉

〈あわれ伏龍隊員　およそ悲劇的なのは伏龍隊員である。それは潜水服を着て海中を歩き、頭上を通過する敵上陸用舟艇の底に、棒のついた爆薬を突き上げるのだ。もちろん爆発の水圧で、隊員自身即死してしまうに違いない。（中略）アクアラングやゴムのひれはまだ日本では完成していなかった。だからヘルメット式の潜水服に圧搾空気のボンベを背負い、海底をノッシノッシと歩くわけだ。（中略）爆薬は十五キロ、棒の長さは五メートルである。隊員は数メートルずつ離れて横に散開して進むから、誰かが敵上陸用舟艇をキャッチできるだろうという腹だ〉

忠正さん　こんな奇妙な真似ごとをした者はいないので、誰しも失敗の連続です。海軍にとられてから、たいがい人並みの失敗をしてきた私ですが、沈降と浮上は一度も失敗せずにやり遂げました。実は沈降と浮上を見分ける方法として、海藻を摘み取って面ガラスにかざしたのです。海藻が下になびけば下降しているのだと、たやすく判別できました。

沈降と浮上の訓練に加えて、より重要なのは伏龍独特の呼吸法をマスターすることです。酸素は背負ったボンベから鼻で吸いこむのですが、呼気に含まれる炭酸ガス（二酸化炭素）が潜水兜内にあふれるとガス中毒を起こすので極めて危険です。このため吐く息は、潜水兜につけられた口金に唇を押し当てて吐き出しました。口金には吸収缶に繋がる管がついており、炭酸ガスを含んだ呼気は管を通って吸収缶に導かれます。吸収缶のなかには苛性ソーダが入っていて、呼気に含まれていた炭酸ガスを吸収するのです。炭酸ガスを除いて酸素だけになると、吸収缶の管を通って、潜水兜内に酸素が放出される仕組みでした。
管と潜水兜の接合部に不具合があるときは厄介でした。そこから海水が入りこむと、苛性ソーダが化学反応を起こして高温の苛性ソーダ溶液ができてしまう。これが潜水兜のてっぺんから顔面に降りかかると、ひとたまりもなく焼けただれます。沸騰した苛性ソーダを吸いこむと、鼻や気道を焼き、ひいては肺胞まで焼いて、まず死に至りました。
ともあれ鼻で吸い、口で吐く呼吸法を間違えると、酸素欠乏症にかかったり、あるいは炭酸ガス中毒になります。呼吸法の失敗から失神して、引き上げられた下士官を、私は一度ならず目撃しました。あらぬことを口走りながら、波打ち際を千鳥足でふらついていた下士官も記憶にあります。

――作家の城山三郎氏は一九四五年五月、十七歳のときに海軍特別幹部練習生に採用されて、結局は伏龍隊に配属されました。著書『指揮官たちの特攻』（新潮文庫）**に書き留めています。**

〈一万五千を超す少年兵が最多数振り向けられそうであったのは、「伏龍」部隊である。隣りの分隊が「油壺送り」と知って、私たちに言葉を失わせたその油壺を中心に展開している特攻隊で、機雷を棒の先につけて持ち、潜水服を着て、海底に縦横五〇メートル間隔で配置される。敵艦船が着いたら、その棒を敵艦の艦底に突き上げて、爆発させる。もちろん、当人も、周辺に配置された隊員たちの命も、一挙に吹っ飛ぶ。かつて村上水軍にそれに似た戦法があったというが、実戦の記録は無く、それを三、四百年後、少年たちを使って実行しようというわけで、「桜花」以来の人間爆弾、人間魚雷などの最終篇である。少年兵の命など花びらよりも紙きれよりも安しとする日本海軍ならではの発想である〉

多くの事故死者が出た伏龍の訓練

忠正さん　潜水訓練によって潜れるようになると、今度は教える立場になりました。中尉や少尉が小隊長にさせられて、十数人の部下の面倒をみるのです。部下といっても、予科練を出た二等飛行兵曹たちで、十六歳から十七歳の少年でした。本来は飛行機に乗るはずだったのに、飛行機がなくなったので水際特攻伏龍隊に回されたのです。

沈降と浮上の訓練を終えてから、海中での散開や集結といった部隊行動に移りました。隣の仲間の姿が見える範囲でなければ訓練になりません。海の透明度がよくないので、視界は数メートルにすぎず、その範囲内に隊員を配置しての訓練でした。

予科練から伏龍隊員になった門奈鷹一郎氏が「安全距離五十メートル」論に疑問を呈していますが、私も同感です。海中で五十メートルも離れて隊員を配置するなど、現実的に不可能でした。もっとも私たちは「安全距離五十メートル」などということすら知らされていません。

音は海中であっても、わりと聞こえます。互いに背中合わせになると、空気清浄缶が振動板になるのでしょうか、声を伝えることができました。海中で方角を知るために懐中時計ほどの大きさの携帯羅針儀を持たされたが、潜水兜が鉄製なので近づけると磁石の針があらぬ方向に動いてしまう。また懐中電灯を与えられたこともありますが、金属不足の折から太い木製の胴体でした。胴体についた発光信号用の押しボタンが水圧で押されて点灯するので、点滅信号で合図するなど不可能です。

ことほどに伏龍兵器は、副次的な装備も含めてお粗末な寄せ集めだったのです。伏龍戦の戦略そのものが、現実離れした机上の空論にすぎなかったというほかはありません。学徒兵の少尉仲間から「きっと漫画から考えついたんだろう」との声が出るのも当然でした。

よしんば誰か一人が敵船の攻撃に成功したとしても、一つの機雷が爆発すると両隣の伏龍兵が手にした棒機雷も爆発の振動に反応して、自らも爆発するでしょう。いわゆる誘爆によって、爆発の連鎖が起きてしまう。伏龍は、そんな兵器でした。数少ない伏龍研究者の門奈氏が厳しく指摘しているように、伏龍による海中からの敵舟攻撃はほとんど不可能だったはずです。空論から伏龍兵器をつくったあげく、多くの犠牲者を出したことはまぎれもありません。私の部下から犠牲者がでなかったのは偶然であり、私にとってせめてもの慰めです。

——門奈鷹一郎氏の著書『海軍伏龍特攻隊』（光人社ＮＦ文庫）**に、十二人の関係者による〈「伏**

龍」研究座談会〉が収録されています。二期の予備学生を経て、七一嵐突撃隊実験隊長（久里浜）だった笹野大行氏は、次のように分析しています。

〈伏龍の誕生そのものは、日本海軍が負けるべくして負けた弱点の結晶のような気がします。敗戦直前の末期症状が、あの伏龍という悲劇的な兵器となって現れていると思います。その理由は五つあります。

第一は、潜水器の鼻・口の呼吸そのものが不自然、五～六回呼吸を間違えると、炭酸ガス中毒となります。これは痛くもかゆくもなく、まず視力が落ちる。これで完全に死ねばまだよいのですが、死ぬ途中で救助されると、呼吸系統の神経をおかされるので、大変悲惨な状態で死ぬことがあります。

第二にこの潜水器特有の清浄罐は、元来、潜水艦の中の空気を清浄する目的で作られたもので、海水に浸るということはまったく考えていなかったものです。そのため、ハンダづけその他不完全なものが多く、苛性ソーダが海水と化学反応して沸騰し、頭部から噴き出してくる、それで、はっとして呼吸を間違えて死んだ人が相当数いると思います。

第三に潜水かぶとは物資不足で、工廠のあちこちに散らばっている鉄板を持ってきて溶接して作ったそうです。厚さ不揃いのものの溶接は、強度にひずみが生じて故障が起きる。（中略）

第四は、水中歩行のためのコンパスは絶対なければ危険です。絶対必要な進路を定めるコンパスが、私の記憶の限りでは、私の隊に一個あっただけの状態でした。

第五に、決定的なことですが、棒機雷が海中で一発爆発すれば、水中の者の全滅に通じます。これがはっきりすると、特攻兵器としての採用が危うくなるので、安全範囲を五十メートルにしようということになったのではないかと思います〉

出撃前に下士官の「事件」を穏便に処理

忠熊さん　第三九震洋隊の訓練を一応終えたところで、佐世保防備隊に移って出撃準備に入りました。炸薬をはじめ必要な物資を軍需部などから受け入れて、海軍徴用船「道了丸」（二二七四トン、日本郵船）に震洋艇と一緒に積みこむのです。艇隊長の私と菅原少尉は雑務こそあれ退屈な待機だったので、大黒屋という旅館に泊まりに行きました。外泊も可能なので、とにかく畳の上で寝るのが魅力でした。
この期間に多忙を極めたのは、軍需部に請求する品目の書類や伝票を整える業務にかかわった分隊士たちです。あるとき一人の分隊士から「岩井少尉、ラッパの正式名称を知っていますか」と聞かれました。にわか士官の私が、知るわけもありません。「音響発生用真鍮製曲り金」という長い名称で、海軍生活が十数年の彼も書類をつくるまで知らなかったそうです。何ごとにつけても「急げ！」を連呼した海軍にあって、この間延びしたような名称をなぜ使ったのか、敵国語の使用を禁じられていたからでしょうか、詳しいことは知りませんが、実態とかけはなれた極端な官僚主義の一面を垣間見たようでした。

出撃前の準備期間は訓練がありませんので、交替で「上陸」するように取り計らいました。古参の下士官になると佐世保の街に下宿を持っており、ひそかに家族を呼び寄せて最後の別れを惜しんだようです。そうした折に「事件」は起きました。

軍港には軍紀風紀を取り締まる巡邏《じゅんら》と呼ばれる一団がいて、市内をパトロールしていました。持ち出しを禁じられていた配給品の石鹼《せっけん》を、第三九震洋隊の下士官が隊外の下宿先に運びこみ、巡邏に摘発されたのです。手に入りにくくなった石鹼を、好意から下宿の人に渡そうとしたのでしょう。

軽微な違反行為にすぎませんが、意地悪く摘発するのが巡邏であり、放置したら憲兵隊に送致されます。そうなれば出撃前の部隊の士気にかかわるので、穏便に処理してほしいと、巡邏の元締めに頼みに行かねばなりません。内密にしなければいけないので、部隊長が出向くわけにはいかず、かといって準士官では誠意を尽くしたことにならない。結局、艇隊長が適任だとなって、私が挨拶に行くことになったのです。

巡邏の責任者は海兵団の当直将校ですが、毎日交代する当直将校は報告を受けるだけです。古参の上等兵曹である先任衛兵伍長が、実権を握っていました。「軍港で一番偉いのは鎮守府長官、次が先任衛兵伍長」と冗談めいて言われるほど、巡邏の実質的な元締めはあらゆる部署に睨みをきかせていたのです。

私は清酒を一本手にして、佐世保海兵団に先任衛兵伍長を訪ねました。長いすの左右に部下を並べて、中央に端座していた先任衛兵伍長に寛大な処分をお願いすると、まずは嫌みたっぷりに「監督に不行き届きがあった」と説教するのです。彼は上等兵曹ですから、私のほうが上官にあたりますが、そこは「軍港で二番目に偉い人」を自認していたようです。私に向かって説教をしたあげく、今回は特に大目に見ようと、恩着せがましく言明してくれました。

もちろん、清酒は受け取っています。物資の乏しい折でも先任衛兵伍長のもとには、清酒や砂糖など入手困難な物資が集まっている、と取りざたされていましたが、その通りだったのです。私に清酒を持たしてくれたのは準士官で、彼から「軍紀厳正」な帝国海軍にも裏道のあることを教えられました。

烹炊所《ほうすい》から食品を密かに取得することを「銀バエ」と言っていましたが、この准士官は「銀バエ」の名人でした。高松宮殿下が川棚を視察すると耳にしたとき、烹炊所には必ず特別の食べ物があるはずだと直感し、珍しかったカステラを大量に持ち帰ってくれたのです。お裾わけにあずかったので文句を言える筋合いではありませんが、ここでも私は「軍紀厳正」であるはずの帝国海軍の実相を知りました。

「伏龍」の訓練中に危うく事故死に

忠正さん　私の小隊は予科練を出たばかりの十代でしたが、部下のなかから訓練事故の犠牲者を出さなかったのは幸いです。しかし小隊長の私が、危ない目に遭ったのは、一度ではなく二度ありました。

十数人の部下と一緒に海中にいたとき、妙な音が耳に入ってきたのです。チッ、チッというかすかな音だったので、はじめは気にしなかったのですが、こんな音が海中から聞こえてくるはずもありません。私のつけている潜水具から出ている異常音にちがいない、と判断しました。もし、空気清浄缶に浸水していたら、大変な目に遭うのは明らかです。

そばにいた一人の部下に、背負っている空気清浄缶が熱くなっていないか、触ってみてほしいと頼みました。すでに述べた通り、海中でも隣同士の会話はなんとかできたのです。私の問いかけに部下から「熱いです」と返ってきたので、私は訓練の中止と浮上を命じ、総員で浜辺に上がりました。

取り外した空気清浄缶の中を調べると、白くて細い棒状のものが幾つも詰まっていました。苛性ソーダが海水に反応して、泡を吹いていたようです。放置していたら苛性ソーダ溶液がたまり、それが潜水兜のてっぺんから私の頭部や顔面に降り注いでいたとみられます。そうなると、私は苦しみもがいて死んだことでしょう。

二度目の危機は、なんと海中で気を失ってしまったのです。波打ち際で潜水兜を外され、顔に外気が触れたところで意識が戻りました。聞けば、海中で私のそばにいた部下が、私の異常に気づいてくれたのです。

彼は私の給気弁を開いて、潜水服に酸素（空気）を送りこみ、そうして潜水服を膨らませてから、私を海面へと押し上げてくれました。こうした処置は、かねがね指導していたのですが、十代の部下がきっちりとやってくれて、私は助かったのです。また私が意識を失ったとき、班長の一等兵曹が指揮をとってくれたので、小隊から迷子を出すことなく全員無事でした。

このあと私は担架に乗せられて、野比の海岸近くにあった海軍病院に運ばれました。この病院にはすでに多くの事故者が運ばれており、ほとんどが死亡している事実を、私は知っていました。寝台のまわりには多くの医官がいて、聴診器で心音を確かめたり、血圧を測ったりしていました。視野が狭くなっているのを自覚できたうえ、呼吸もはやくなっていたので、重症らしいと自分でもわかりました。

酢酸溶液を準備している医官がいたので、「私は苛性ソーダ溶液を飲んだのでしょうか」と聞いてみますと、返事はあいまいながら肯定の所作をするのです。苛性ソーダ溶液を浴びていたら顔はただれるし、口や喉も焼けるでしょうが、私にそんな症状はありません。しかし、専門家の医官が言うのだからと、疑問を深めることもしませんでした。

私は医官に「酸素吸入をやっていただけませんか。酸素瓶なら隊にいくらでもあります」と頼みました。すると一人の医官が、驚いたような口調で言ったのです。

「ペブストザインは、非常にクラールですな」

なんとドイツ語が飛び出したのです。「意識は、明瞭ですな」。海軍に入って初めて耳にしたドイツ語は、医官の言葉でした。私が酸素吸入を思いついたのは、子どもの頃に肺炎にかかったことがあり、また甥が赤ん坊のときにやはり肺炎になり、いずれの場合も酸素吸入装置のおかげで一命をとりとめており、そのことが記憶に残っていたのです。

私の入院は大げさでしたが、回復は順調で十一日で退院できました。肝心の事故原因は確かめられていませんが、そういえばと思い当たったのです。

事故の数日前のことでした。潜水訓練にはいつも酸素瓶が届けられるのに、その日は酸素が間に合わなかったといい、酸素の代わりに空気の入った瓶を受け取ったのです。見分けがつきにくいので、事故当日に私が使ったのは、空気入りの瓶だったかもしれません。そうであれば、海中で私が繰り返し吸っていたのは空気にすぎず、酸素はすでに消費していたので、酸素欠乏で失神するのは当然でしょう。発見が早かったので助かったものの、すこし遅かったら命に関わるところでした。

回復したとき、担当医が「岩井少尉、よく助かりましね、これは精神力ですよ、精神力！」と感嘆してくれたのですが、この「精神力」は私の世界観に反しています。しかし、このときばかりは悪い気がしませんでした。

それはともかく、よくよく考えれば精神力のせいではなく、もともと軍医たちの考えたほどの重症ではなかったのでしょう。清浄缶事故で病院に担ぎこまれた隊員たちが亡くなっているので、私も同じ運命をたどると、軍医たちがみていたということはあり得ます。

実はすでに紹介済みの門奈鷹一郎氏の著書『海軍伏龍特攻隊』の巻末にある〈「伏龍」研究座談会〉に、〈慶応出身の少尉で、予備学生の四期か五期の人が清浄罐事故で、野比の病院へ送られたという話を記憶しています。この人は亡くなったらしい〉との発言が見られます。

ここで話題になっている「この人」は、私以外にあり得ません。野比の病院の軍医ら病院関係者にしたら、私は死んでもおかしくない清浄缶事故に遭ったとされているようなので、私の事故原因は誤って伝えられた可能性があります。清浄缶事故ならまず命はあるまいと考えるのは、伏龍の関係者なら無理もないと思います。

出撃に向かう船団が撃沈され、九死に一生を得る

忠熊さん　私たち第三九震洋隊が出撃準備に入っていたとき、海軍水雷学校の大森仙太郎校長（中将）が突然やって来ました。若い士官を前に、深々と頭を下げてこう言ったのです。

「我々が不甲斐なくて、戦争はどうにもならない戦局に陥った。ここで戦局を挽回するために

は、諸君に死んでもらうほかはなくなった。はなはだ申し訳ないが、諸君に死んでほしい」

大森中将は再び深く頭を垂れました。「水雷の神様」と言われていた大森中将の名前は聞き及んでいましたが、上層部の人だけに顔を見る機会などまずあり得ません。その大森中将が頭を下げて頼むのですから、当時の青年士官は「ノー」と言えるはずもなかったと思います。

戦後に知ったことですが、このとき海軍特攻部が実在していて、大森中将は水雷学校の校長と特攻部長を兼任していたのです。海軍上層部は、引き受け手のいない特攻部長を大森中将に押しつけ、大森中将は水雷学校校長との兼任を条件に承諾したといいます。私たち青年士官を前にして述べたのは、特攻部長としての発言だったにちがいありません。

いよいよ明日、佐世保を出港するという前日、先任下士官の家族が面会のため、指定の旅館にやって来ました。もちろんすぐに上陸を許可するはずでしたが、なんと警戒警報が出たのです。警報が出ると、外出はもちろん禁止ですし、用もなく街を歩いていたら、それこそ巡邏に引っ張られます。

あいにく警報は翌日まで続き、私たちはそのまま海軍徴用船「道了丸」に乗りこみました。結局、先任下士官は和歌山から面会にやってきた妻子と顔をあわすことなく、戦死してしまったのです。こうした例は無数にあったでしょうが、身近なことだけにいまだに記憶に残っています。

三月十九日、私たち第三九震洋隊員の百八十七名と震洋艇二十八隻、それに石垣島警備隊所属の高角砲隊を乗せた道了丸は佐世保を出港し、その日のうちに五島列島の富江湾に入港しました。兵器を積んでいることからして「合戦」に備えていたのは明らかです。緊張に包まれて、富江湾で三晩過ごしました。

富江湾で「高崎丸」「清河丸」「鹿島丸」「第一日正丸」など四隻の貨物船が加わって、「サイ〇五船団」が結成されました。「サイ」のサは佐世保、イは行き先の石垣島のことです。「鹿島丸」には宮古島に行く第四五震洋隊が乗っていました。三隻の海防艦それに二隻の特設掃海艇から成る五隻の護衛艦と、「サイ〇五船団」の護荷にあたり、また前日から五隻の駆潜艇が船団の前路を掃蕩《そうとう》しています。

三月二十二日、「サイ〇五船団」が富江湾を離れるにつれ、低気圧の影響で海は荒れ始めました。記録によれば、道了丸の左右傾斜が三十度とのことですから、相当な荒天だったとみられます。船団は私たちの乗った道了丸を先頭にして連なり、前後左右に護衛艦が張りついて七ノットの速力で進みました。米軍の魚雷攻撃を危険視して、「之」の字を描くように、数分ごとに舵を左右に変えてジグザグに進む「之字運動」によって南下したのです。

最初の寄港地は那覇の予定でしたが、米軍の潜水艦を警戒して、屋久島と奄美大島の中間海域を西寄りに航路をとります。私たちにしても交互に艦橋に立ち、緊張して見張りにあたりました。首からぶら下げていた望遠鏡を覗いても、曇り空の下にうねっている波頭が見えるだけです。島影はまったく見えません。灯火管制とあって、夜の食事時間を切り上げる必要があり、午後四時過ぎに夕食を済ませて、私は後部の士官室におりました。

午後五時十分、大音響と同時に強烈な衝撃を受け、私は吹き飛ばされるように転がされました。すぐに起き上がり、落ちてきた戸棚を乗りこえ、懸命になって露天甲板に走り出ますと、なんと船の前半部はブリッジもろとも消えていたのです。甲板上では血みどろになった兵士が苦しみもがいており、断末魔の声というほかはなく、それは凄まじい光景でした。

右舷に穴があいたら左舷から退避するのが常識ですが、機関室から蒸気が噴き出ており、左舷へ行くことは不可能でした。船はみるみる傾斜し、右舷は海面すれすれに迫っています。こうなれば――私は覚悟して右舷から海中に飛びこみました。立っていられないほどだったので、投げこまれたといえるかもしれません。海軍では「総員退去」の命令を受けてから船を離れなければいけないのですが、なにしろブリッジが吹き飛んでいるので、命令が出るはずもありません。短艇や救命具を用意する余裕だってなかったのです。

私たちの乗った道了丸に命中した魚雷は二発です。魚雷攻撃を受けてから船が沈むまでの時間を、私は一分くらいだったと思いこんでいました。ところが、船団の公式記録は二十五秒で沈んだことになっており、私はごくわずかな時間に船室から脱出することができたのです。

私は波浪と闘いながら、浮いている木片につかまりました。さらに大きな木材を選んでつかまり、道了丸からできるだけ離れるように努めます。荒天の恩恵か、波浪が私を船から遠ざけてくれました。ほどなくして、積み荷か船体の破片とみられる木材が浮いてきたので、私は飛びつくようにしてつかまえたのです。

船に積んでいた震洋艇の燃料入りドラム缶が、おびただしいほど浮かんでいました。ドラム缶の燃料が流れ出て、船の火が引火すると一面が火の海になると聞いていたので、ドラム缶が私のそばにくると足で蹴飛ばすのですが、それほどうまくいきません。幸いなことに火の海にはならずに済みましたが、衣服に石油のにおいが染みこんで不快ではありました。

三月の海水は、冷たかったです。遭難に備えて雨衣《あまぎぬ》と防水衣と飛行服と陸戦服で着ぶくれしていたのですが、それでも海水は皮膚にまで達しました。ここで死ぬわけにはいきませんから、付近にいた部下に呼びかけて、私たち七人は大きな木材につかまることができました。高い波頭に七人そろって乗り移ると船団が視界に入ります。逆に波頭から下りると、波頭の高さが数十メートルはあるように見えました。

近くの海域にいるはずの米軍の潜水艦を制圧するため、護衛艦が爆雷の投下を始めました。爆発するたびにドカン、ドカンという海中からの衝撃音が体に響きます。ここでわが軍の爆雷にやられては、身もふたもないので緊張しました。

私たちの道了丸は火災を起こし、やがて船尾を直立させて、ゆっくりと沈んでいきました。夜が近づくと、あたりは暗くなり、船団も護衛艦も姿が見えません。海原をただようこと三時間ほどして、低速の護衛艦が近くにいるのを見つけました。

私は音頭をとって、みんなで「おーい」と叫んで位置を知らせました。わかってくれたようですが、波浪が高くて短艇をおろすことはできません。このためサンドレットという砂の入った錨に取りつけた太い策《ロープ》を、甲板の上から投げてくれました。サンドレットをつかんで波浪に身を任せていると、私たちは波浪によって護衛艦の甲板に乗り移ることができたのです。乗組員に両脇を抱えられて、私たちはエンジンルームに移りました。すでに、かなりの救助者がおり、どうやら私たちは最後の救助作業で命拾いしたようです。

生存者にも負傷者が多くみられましたが、私は幸い無傷でした。振り返るに、魚雷を受けたとき私は、本来なら艦橋に立っていたはずです。たまたま当直日程の変更を指示されて、士官室にいたにすぎません。あのとき艦橋にいたら、私は吹き飛ばされた艦橋と運命をともにしていたことでしょう。

救助された者のなかに、なんとこれが七度目の遭難という下士官がいました。皆から「七度目ともなると、やられても落ち着いたものだろう」と声をかけられると、当人は「そのつど狼狽しますよ」と率直でした。このときから私は、「泰然自若とした歴戦の勇士」のエピソードを信用しないことにしています。

ところで私たちを救助してくれたのは、第七利丸という特設掃海艇でした。もともとは捕鯨船のキャッチャーボートとのことです。道了丸の沈没で第三九震洋隊は百八十七人のうち、私を含めて四十五人だけが生き残りました。水没戦死者は乗組員三十九人、警戒隊員二十一人など総計では二百六十人にも及んでいます。

〈米潜水艦にスペードフィッシュという艦がある。スペードフィッシュは護送空母「神鷹」、海防艦「久米」以下二十一隻、計八万八千九十一トンを沈めた豪の者であり、隻数で第五位を占める長者番付にランクされる。そのスペードフィッシュの十五番目の犠牲が道了丸だったのである。同艦は去る十一月にも、第十四、十五震洋隊の玉洋丸を七隻目の獲物として沈めているから、不思議な運命だ。前回の生き残りの隊員にとっては、二度目の対決である。（中略）道了丸前部の右舷二番船倉に魚雷が命中した。震洋艇や大発（上陸用舟艇）がバラバラになって海面に吹き飛んだ。船体は、真っ二つ切断、左舷に傾いて沈没してしまう〉（木俣滋郎著『日本特攻艇戦史』光人社）

残った船団は二十四日、米軍の機動部隊が沖縄に接近しているとの情報で待避することになりました。翌日にはいったん富江湾に入港し、再び佐世保に戻ったのです。四月四日のことで、米軍が沖縄の慶良間諸島に上陸して、沖縄戦が始まるところでした。もし船団が予定通り那覇に寄港していたら、私は沖縄本島で戦死していたと思います。

米軍が沖縄に上陸し、情勢は一変して緊迫

忠熊さん　佐世保の波止場には何台もの寝台車がつらなり、担架をひろげた看護婦さんが待っていました。負傷しなかった私はといえば、素足のうえに海軍を象徴する帽子もありません。出航時にくらべて、哀れで惨めな姿です。

第三九震洋隊は解隊となり、将兵たちは転属や入院でバラバラになりました。艇隊長だった私と同期の菅原は、古巣である水雷学校付属の川棚魚雷艇訓練所に戻されます。実は三月一日から魚雷艇訓練所は実戦部隊の川棚突撃隊に改編されており、訓練教育機関を兼ねることになっていました。というわけで私と菅原の身分は、川棚突撃隊付きの教官ということで、実質的にもとの教官に戻ったのです。

魚雷艇訓練所が突撃隊に改編されたことにみられるように、私が再び教官になるまでの短期間に情勢は一変しています。ちなみに川棚突撃隊には、第三特攻戦司令部が置かれ、大本営参謀が常駐していました。

ここで沖縄戦の情勢を整理しておきましょう。

私たちの輸送船「道了丸」が沈没した三月二十三日には、米軍の艦上爆撃機（延べ一千機）が沖縄、南大島に空爆をかけてきました。さらに戦艦（十隻）を含めた約四十隻が沖縄周辺の海

上から砲撃を行っています。

そして四月一日には、米軍が沖縄本島に上陸を始めました。日本軍は菊水作戦と称して、航空特攻に出ます。六日には、最後の水上兵力となった戦艦大和を中心とする第二艦隊が、嘉手納沖に突入する片道攻撃に出陣しますが、米軍の空爆と魚雷攻撃に遭い、七日に主力を失いました。戦艦大和の沈没地点は、私たちの道了丸が水没した場所の近くです。

その後、沖縄への海上特攻に出撃して戦艦大和とともに沈んだ軽巡洋艦「矢矧《やはぎ》」の艦長で、生還を果たした原為一大佐が突撃隊司令として着任してきました。かつて魚雷艇訓練所長を務めた原大佐は駆逐艦長、駆逐隊司令として勇名を馳せた人物です。

原大佐は、海軍の官僚主義や伝統を遠慮なく批判するので、部下から信望がありました。「艦が沈んでも、泳いで生き残り、生き残って、また戦え」と、原大佐は公言しています。魚雷艇訓練所長のときも「何べん沈んでも、生きて還れ」と熱っぽく語りました。艦長は沈む艦と運命をともにすべきだ、とする海軍の美学に私は共感を持ち得なかったので、再び私たちの司令になった原大佐を、胸の内で拍手して迎えたのです。

さて、沖縄から発進するようになった米軍機は、九州一円にわたって爆撃を繰り返します。こうなると昼間の海上訓練は危険なので、朝の暗いうちに海に出るようにしました。早朝訓練を終えると、対岸の入り江に渡って座学をし、様子をうかがって危険がなさそうだとわかれば、帰港して昼食をとります。このあと対岸に疎開し、別の組の訓練準備を済ませて、暗くなる頃から夜間訓練に移りました。終わって寝るのは深夜ですから、この繰り返しはさすがに体が悲鳴をあげたものです。

六月上旬、天草の茂串基地への赴任を命じられました。茂串基地には、川棚突撃隊天草派遣隊が置かれていて、そこの第一〇六震洋隊（納谷部隊）の艇隊長とのことです。二人乗り艇のこの部隊は五月十三日に茂串基地に移動中、米軍のグラマン機に襲撃されました。警戒隊として魚雷艇が二隻と大発（上陸用舟艇）が追随しており、魚雷艇には派遣隊指揮官の宮大佐が乗っています。

魚雷艇二隻が炎上し、宮大佐を含めて二名と第一〇六震洋隊の十二人が戦死しました。戦死者のなかの湯沢正次郎少尉は、航海学校から一緒に震洋隊に来た親しい同僚で、私は湯沢少尉の後任にあてられたのです。

米軍の上陸用艦船や舟艇を、震洋艇による体当たりで爆破するのが、私たちに与えられた任務でした。基地の所在を暴露しないように、米軍の航空機や艦船が近くに現れても、一切の手出しは禁じられています。戦後になって戦史を読むと、米軍は本州に先立って九州の東南部への上陸を計画していたようで、その場所は宮崎県の志布志湾とのことでした。陽動作戦として、九州西岸沖の甑島《こしきじま》を占領する計画だったとの説もあります。

米軍はフィリピンのルソン島を攻略する前に、レイテ島を占領しており、沖縄本島に上陸する前に慶良間諸島を占領しました。そうした動きからして、九州本島に上陸する前に甑島を占領する計画を立てていた可能性はあります。甑島は私たちのいた茂串基地から肉眼で島影を展望できたので、この説が事実ならば、私たちの震洋隊は真っ先に出撃する運命にあったといえるでしょう。

六月下旬のことです。大本営海軍報道班の記者（朝日新聞）が取材に来て、私の隣のベッドで一泊しました。京都大学文学部の先輩ということで、忌憚のない話ができました。記者によると、九州一円をまわっても、本土決戦の準備はできていない、とのことでした。だから、日本は負けるしかない、と見通しを語ってくれたのです。このとき私は、米軍上陸の際に手痛い出血をあびせ、有利な終戦の条件をつくりだすのが、ここに待機している震洋隊の役目だと納得しました。

――さて沖縄戦ですが、六月二十三日未明に第三二軍の牛島満司令官と長勇参謀長が自決して、日本軍の組織的な戦闘は終結します。それでも続けられた特攻について、森本忠夫著『特攻』（光人社NF文庫）は次のように記しています。

〈しかし、異常なファナティシズムに脳髄を支配されていた日本の指導部は、依然として「外道の統率」の下で徒労の特攻作戦を続行していた。沖縄を巡る地上戦終了後の特攻作戦は八月十五日まで断続的に続行され、日本の若者のかけ替えのない命が失われていた〉

――山田朗著『日本の戦争Ⅱ　暴走の本質』（新日本出版社）**の次の一節に目を留めました。**

〈陸軍の「玉砕」戦術にせよ、海軍の特攻作戦にせよ、戦闘の敗北に直面して将兵に死を強要するあり方は、戦争末期の追いつめられた絶望的戦況のなかで顕在化したが、これは単に一時の状況がなしたものではなく、捕虜になることを認めない「天皇の軍隊」の本質から出てきたものだと言ってよいであろう〉〈戦争には勝敗があり、個々の作戦・戦闘にも勝負がある。これは自明のことだが、捕虜になることができぬ「天皇の軍隊」は負け方を知らなかった〉

――そこで、敗戦による終戦となりますが、八月十五日を迎えるまでの間、お二人はいかなる状況にあったのでしょうか。

ヒロシマとナガサキ、そして復員

忠正さん　七月の下旬でした。私たちの部隊は久里浜を出て、呉港の外れにある音戸の瀬戸に近い情島《なさけ》に向かいました。東海道線、山陽線を乗り継いで、さらに小さな汽船に揺られて、やっと瀬戸内海に浮かぶ情島にたどり着いたのです。

そこは砂浜から高台になっていて、兵舎はなく居住区はテントでした。ほかにはバラックが目につくだけです。そのような情島ですから、伏龍兵器はなく、だから訓練も行われません。一時的な集結地点だったのは明らかで、さて次はどこに行かされるのだろうと、頭の片隅に残っていました。

伏龍隊なのに、伏龍兵器がまったくない、これはどういうことだろうと考えました。資材不足はもとより、この兵器は役に立たないと、上層部が気づいたのではないか、私はそう思い至ったのです。背中に重いタンクを背負っているので、海中でまっすぐに立っていることができない。後ろにひっくり返ったら、カメ（亀）を裏返しにしたのと同じで、簡単にもとの状態に戻れません。どうしても前傾姿勢を取らざるを得ないのです。

そうして前傾姿勢を取るのですが、潜水兜の面ガラスを通して見えるのは、数メートル先の海底だけです。海底を見ることしかできなくて、どうして頭上を通る船を狙えますか、無理な相談でしょう。それでも命令だから、訓練は続けねばならない。戦争は負け続けているはずだし、こうなるともはや破れかぶれの心境でした。

八月六日は、朝から真夏の太陽が照りつける好天でした。空襲警報を受けて、対空戦闘の態勢をとったものの、情島が狙われたわけではなく、まもなく警報も解除されます。準士官以上は屋内に入って、その日の日課を打ち合わせを始めました。

隊長の新田勇造大尉が話しているとき、窓越しに見える青空が一瞬、ピカリと白く光ったのです。稲妻のようでしたが、上天気からして、稲妻ではありません。天変地異に思いを馳せる間もなく、ドカーンという地鳴りのような爆音が響いたのです。裏山の見張所から「呉方向に黒煙」との報告がもたらされました。

「きっと火薬庫が空襲でやられたんだろう」「呉に、海軍の火薬庫はないはずだが」「陸さんのじゃないか」

そんな会話が交わされていました。ところが、その日のうちに呉から入った情報は、やられたのは広島だといい、それも特殊な爆弾一発で広島は破壊されたというのです。広島では、はかりしれないほどの死傷者が出ているとのことでした。

部隊のなかに広島出身者がいたので、家族の安否を知るために、数日の休暇を許可して一時帰省してもらいました。私の部下にも該当者が一人いて、心配でならないといった表情を残して、船に乗って広島に向かっています。

二、三日して、広島に帰省した者が一人、二人と戻ってきました。みんな暗い顔をしており、私の部下も例外ではありません。家族と会えずに、消息不明のままだといい、広島の惨状は相当にひどいようでした。彼らの視線は宙をさまよい、口はとても重く、こちらの質問に対する返答も曖昧です。広島の状況について話すのを、上から禁じられているのだ、と察してから私は執拗な質問をやめました。これが原子爆弾だったのです。

八月十五日の正午、部隊全員が本部前の砂浜に集合して、「重大放送」を聞くことになったのです。ひどい雑音ながら、日本は降伏し、日本は負けたのだ、とおおむね理解できました。もちろん負けたくはなかったが、敗戦は必至と考えていたこともあって、さほど悔しくはなかったです。

ただ私には、予想外の結末でした。日本列島は灰燼《かいじん》に帰し、私たち軍籍にある若者は一人残らず戦死してから、日本は敗北するだろう、と覚悟していたからです。ところが敗戦は思いもかけずに早くきて、思いもかけぬ結末だった、というのが私の胸のうちでした。

死なずに済んだのは喜ぶべきなのに、その喜びがすなおにわいてこないのです。自分は死なくてよかったのだということが、にわかに信じられません。そのような心理下に、私は置かれていたのです。

八月下旬に復員（海軍では解員）するまでの毎日は、小隊でカッターを漕いだり、付近の小島を散策したり、海中に体を浮かべたりして、毎日を過ごしたのです。こうして私は、一年九カ月の海軍生活を終えました。

忠熊さん　私たち震洋隊は天草の茂串基地で、米軍の上陸に備えて、じっと息をひそめて待っているだけでした。昼間の海上訓練は危険なので、震洋艇を格納してある洞窟からレール伝いに艇を発進させる訓練がやっとです。夜間の訓練にしても何度か実行したにすぎません。

そんな折の八月九日、昼食時に大爆発音が轟いたのです。艦砲射撃が始まったのか――と緊張したものの一発だけでした。見張りから「長崎方面で火山の爆発」と報告があったので、雲仙方面で火山の爆発があったのだろうと推測していました。黒々とした大きな雲が上がったのを記憶していますが、原子爆弾のキノコ雲だったと知るのは後のことです。数日して、「特殊爆弾」を投下されて長崎は壊滅状態にある、との情報が入りました。

八月十五日、ラジオがなかったので、いわゆる「玉音放送」（終戦の詔書）は聞いていません。事前に、放送のあることも知らなかったのです。「作戦緊急信」でポツダム宣言の受諾（詔書）を伝えてきたので、日本が降伏して戦争の終わったことは明白でした。

しかし、第三特攻戦隊からは「六時間待機」の命令が出たのです。通常だと、この命令は特攻隊発進の準備を意味しました。さらに十七日には「三時間待機」となりますが、これは「戦闘開始」なのですが、近くに米軍の艦船がいるわけではありません。その後に「停戦」に関する処置が指示されて、これまでの「待機」命令は特攻隊の暴発を恐れて、指揮命令を維持するための苦肉の策だったのだろうと推量できました。というのも、中国・厦門《アモイ》にいた震洋隊では、艇隊長が制止する隊員を振り切って単独で出撃して戻らなかったからです。

ともあれ、戦争は敗戦によって終わりました。ただ死ぬことだけを覚悟し、震洋艇による進発攻撃に向けて邁進してきた私たちにしたら、突然、目標が消え失せたことになります。正直なところ、屈辱感もありました。これからの日本の運命、私たちの生活の苦難も予想されたが、なによりも運命に任せて受動的に行動してきた自分が情けなかったです。俺は何をしていたのだろうと思うにつけ、ずっと振り回されていたにすぎません。後になって考えついたのは「国家に搦《から》めとられていた」ということです。自分の考えがあって行動することなどできませんでしたので、これからは自分の考えを持って生きていくのだと言い聞かせたものです。

灯火管制が解禁され、全身の緊張がゆるみました。久しぶりに明々ときらめく電灯の光を眺めたとき、いいようのない解放感をあじわったのも事実です。食事のあとの雑談で、軍医長から「これから、どうする」と聞かれました。私が「大学に復学して、日本史を勉強します」と答えると、軍医長はいくぶん強い調子で言ったものです。

「あんな、つまらん神がかりの学問をして、何になるんだ、やめとけ！」

この戦争は、米英の科学技術力と物量に負けたという「反省」が、敗戦を迎えたことでこうした「常識」になって語られたのです。軍医長の本音だったと思いますが、私はむしろ新たな日本史を究めたいと心に強く言い聞かせました。

特攻艇は早期復員の方針が決まり、私の海軍における最後の仕事は、大勢の震洋隊員を天草から九州本土に運ぶことです。航海が専門の私は上陸用舟艇の「大発」を指揮して、水俣港に送り出しました。

このあと私は天草に残っていた防空隊員も大発に乗せて、古巣の大村湾・川棚に向かいます。海上に出ると、復員兵を乗せた多数の船舶が、佐世保をめざして航行していました。川棚に着いてから解散し、私も復員の列に加わったのです。

佐世保から、すし詰めの満員列車にのって、京都を目指しました。車窓から見た広島の惨状が、息をのむほどの凄さだったのを、忘れることができません。一見しただけで、それまで見聞してきた戦争の様相と異なる光景だったのです。

私は京都に直行し、京都大学に寄って復学の手続きを済ませると、三姉のいる新潟県新発田に向かいました。大学から徴集されたとき、兄の忠正と二人で墓参りをして温泉でも行ってきなさいと、小遣いをくれた姉です。姉の夫（陸軍大佐）はまだ帰還していませんでしたが、なんと玄関に出てきたのが回天隊から伏龍隊に配属されていた兄の忠正だったのです。

「おまえが乗った船は沈んだと聞いたので、てっきり死んだと思っていた」

私は兄の驚いた挨拶に迎えられたのです。兄と話すうちに、二人ともよくぞ生き残ったと、感懐もひとしおでした。私たちは運がよかったのだと、つくづく思います。

こうして私は、京都大学に復学しました。大学の構内は復員学生であふれ、活気を呈していたものの食糧事情の悪化で、当時の先生たちはひどい栄養失調状態だったのです。だから授業は事実上の休みで、当時の言葉で「食糧休暇」と称して全学休講になる始末でした。

私はすき腹をかかえて、図書室などで読書にふけったのですが、食べ物がないのは切実です。それでも、あらゆるアルバイトをして食いつなぎました。戦争に行って死なないで帰って来たのだから、こんなことで死ぬのは情けない、絶対に生きてやるぞ、といった気持ちで過ごしたのです。

私にとって自由に読書のできる時間は至福でした。戦争が終わり、私は海軍特攻隊からやっともとの学窓に戻ることができたのです。

——敗戦は予想できても、生きているときに、敗戦をむかえるとは思いもしなかった、と述懐なされた、忠正さんの言葉の重みが心に響きました。特攻隊という閉ざされた世界の異様さは、そこにいなければ想像が及ばないほどの圧迫です。

そういえば先述した城山三郎氏も伏龍隊の訓練中に、四カ月の海軍生活にピリオドを打つ敗戦を迎えました。〈頭は大仏さまのように瘤《こぶ》だらけ、尻などは痣《あざ》だらけ〉になった城山氏は、前掲の著書『指揮官たちの特攻』で〈勝つか死ぬしか無いと思っていたのに、負けて生きるということがあったのかと、私たちは何か不思議な気がして、次にはほっとする思いになっていた〉と述べています。

忠正さんが最初に所属した回天隊の戦没者は、山口県周南市回天記念館のホームページによりますと、搭乗員と整備員らを合わせて百四十五人です。平均年齢が二十一・一歳ですから、あらためて驚きました。

忠熊さんが所属した震洋隊について、森山康平著・太平洋戦争研究会編『特攻』（河出文庫）はこう記しています。〈終戦の翌十六日に出撃命令をうけ、準備中火災が発生し二十二隻の誘爆をおこし戦死者百十一名を出した部隊もあった。大半の隊は基地で待機中に終戦を迎えた。

震洋隊の戦死者は約二千五百名が判明しているが、未だ調査中である〉。

忠正さんが回天の次に配属された伏龍隊については、事故死は目立ったようですが、実戦に投入されていません。また航空特攻の戦死者は、海軍と陸軍をあわせて約四千人以上といわれています。

忠熊さん　アジア太平洋戦争の戦没者総数、また戦死や戦病死の割合も正確にはわかっていません。部隊の全滅や敗退で記録が失われたとみられるうえ、降伏の直後に軍の命令で関連書類が焼却されたことも影響しています。

当時の厚生省援護局があげた数字によりますと、軍人・軍属・準軍属は約二百三十万人、外地の一般邦人が約三十万人、内地での戦災死亡者が約五十万人で、合わせて約三百十万人です。戦死よりも病死や餓死者のほうが多く、全体の戦没者の六十パーセントにあたる約百二十七万人と推計されています。この数字は衝撃的で、日本の戦争の実態を示しているとみてよいでしょう。

〈特攻作戦は戦争目的も、その終着の像も曖昧なままに始めた戦争が辿りつくべき道であったのだ。学徒兵たちの苦悩が死の瞬間までつきまとっていたのは、そのことを知っていたからである〉〈どのような時代にも不条理なことはある。どう考えても妥当性が感じられない時代に身を置いているとの自覚をもつことがある。自らの不満や不安が消え失せない時代はいつもある。しかし、国家が一方的に戦争を始めておいてその責任を青年に回すということほど理不尽なことはあるまい。特攻隊員はそういう理不尽さや不条理を直接に引き受けた人たちである〉

（保阪正康著『「特攻」と日本人』講談社現代新書）

——こうして、お二人に特攻体験を語っていただき、私はあらためて衝撃を受けました。私たちの国は、人間を兵器にする軍隊を保持し、戦争をしたのだと思うと、怒りを飛びこえて哀しくなります。しかし、感情を抑えて、この事実を厳しく見つめ、次世代から次世代へと語り伝えていかねばならないと、胸に刻みました。

第七章　若き君たちへの伝言

「沈黙」にも「戦争責任」——物言う行動をしよう　岩井忠正

太平洋戦争が日本の降伏によって終結したとき、一九四五年八月のことですが、私は二十五歳の海軍少尉でした。海軍の将校といっても、プロの職業軍人であったわけではなく、もともとは大学生です。自ら望んだわけでもないのに、学徒出陣で海軍にとられ、そのあげく将校になる道を選ばされました。

海軍特攻隊に所属してから、自分の命と引き換えに敵を殺す訓練を積まされました。与えられた部下にも同じ訓練をしています。実際に人殺しをしないですみましたが、ひたすら「沈黙」を守って大勢に従い、結果的に戦争に協力しました。だから私には、道義的な「戦争責任」があります。あえて私が、戦争と特攻隊の体験を語るゆえんでもあります。

私は慶應大学で西洋哲学を学んでいたのですが、太平洋戦争が始まる前から支配を強めつつあった天皇制軍国主義に強い嫌悪と反発を覚え、戦争へと向かいつつある時流に危惧をいだきました。一九三一年の「満州事変」に始まる日中戦争は、日本の侵略戦争にほかなりません。中国からの撤兵を要求するアメリカとの間に緊張が高まるなかで、もしアメリカと戦うことにでもなったら必ず敗北するに違いない――と確信するまでに至っていました。

しかし当時は、誰もそんなことを口外できません。軍隊は天皇を大元帥とする「皇軍」であり、だから軍隊や特高警察はもとより世間一般さえも、天皇に「不忠」とみなされる行動や言論を許さない風潮だったのです。反逆的な人物は治安維持法により牢獄につながれ、その家族や親類縁者にまで累が及んだ。この戦争に反対だと口にすれば、世の中全体を敵に回すような風潮でした。

そのような「時流」というか「大勢」というか、世の中の「空気」が権力によるむき出しの制圧（特高、治安維持法などによる）と併存していました。若い人たちは理解しにくいかもしれませんが、日常生活を支配していたのは、むしろこの「空気」だったのです。

結局のところ私は、戦争の目的を疑問し、天皇のためには死なないぞ、と自分のなかでは明確だったのに、こうなったら「面従腹背」でいくぞと自分に言い聞かせたのです。（おれひとりで反対したって、何にもならないだろう、逮捕されて監獄に放りこまれるのがオチじゃないか）。私は、そう思いました。（きっと、みんなもそうだ、だからみんな、おとなしく黙っているんだろう）。私は「面従」によって大勢に従い、どうせ死ぬのだからと特攻隊に入ったのです。

さて、ここで論理的な矛盾があることに、気づいていただきたい。「おれひとりで」と「みんなもそうだ」である。「みんなも」そうであるならば「おれひとり」ではないだろう、ということになります。しかし当時の私は、その矛盾に気がつきませんでした。「みんな」は「おれ」と同じような「みんな」だから、「みんな」のなかには「おれ」と同じように、内心を互いに打ち明け合うことなく孤立していった「内心の批判者」が少なからずいたはずなのです。

物言えぬ「空気」が充満している、だから沈黙する――。理屈に合っているようにみえます。だが、人はまさにその自らの沈黙によって、沈黙せざるを得ない「空気」を生み出すのです。沈黙は沈黙せざるを得ない「空気」をつくり出す主犯者、あるいは少なくとも共犯者といっても過言ではありません。何も言わない、本心を言わない「沈黙」は、決して「中立」ではないのです。

私がこんなことを述べるのは、その誤ちを犯した当人だからです。私は勇気が欠如し、また自己欺瞞もありました。とはいえ、単なる私個人の資質に矮小化できない、とても大きな問題を含んでいると考えさせられるので、若い人たちに話しておきたいのです。

繰り返しになりますが、戦争や軍隊さらには国家体制について、私は嫌悪や反感をいだき、幼稚ながらもある程度の批判精神をもっていました。にもかかわらず、それに基づいた何らかの行動も取らず、ただ従順に徴兵に応じたのです。端くれながら将校になり、私を含む少なからぬ学徒たちと一緒に特攻隊員にまでなりました。

当時の大学生といえば、数少ないインテリに属していたと思います。しかし、そのインテリ層のなかから、組織だった抵抗の動きは生まれていません。戦争や時流に反対する抵抗運動ができなかったのは、私たちの世代の責任です。この悔恨は、われわれ世代が負わねばならぬ十字架でしょう。いや、それだけではなく、「物言えぬ空気」をつくりだしたことは、世代を超えて日本の国民が負うべき課題でもあると思うのです。

私が体験した戦時下と全く同じことは、平和憲法のもとで「兵役義務」の存在しない現代では起こりえないでしょう。しかしながら、本質的には似たようなことが、もちろん形を変えてですが、今の時代にも起こり得るのではないかと心配しています。

何より大事なのは、民主主義を徹底することです。この平凡なことが大事だと声を強くするのは、骨身にしみているからです。お上の言うことが正しいとはかぎりません。大間違いをおかしているかもしれない。だから、おかしいと思ったら堂々と発言できる言論の自由があって、しかも言論が偏ってはいけない。このことは言ってはならない、という自主規制がはびこる風潮が強まってはならないのです。

しかし、昨今の風潮をみていると、私が体験した戦時中に似てきたようでなりません。自国第一主義から強硬な意見が支持され、反対者を「口撃」して排除する動きも目立ってきました。

民主主義は国民のものであり、主人公は私たちです。どのような社会をつくるかの前提として、民主主義の立場から社会を運営していく能力を養うことが何より肝要です。次世代を担う若い人たちには、この平凡なことがいかに大事かを知って、私がそうだったように「沈黙」に逃げることなく、物言う行動をしてほしい。

さあ、君たちの出番ですよ！

「タヌキ」には化かされまい

一人の男が夜道を歩いていた。道に一個の饅頭《まんじゅう》が湯気をたてて落ちているのを見つけた。こんなところに饅頭が、と不審に思いながらも、空腹だったのでこれを拾いあげ、うまいうまいと食べてしまった。

ところが、それは饅頭ではなく、なんと馬糞《ばふん》だった、というのです。

これはタヌキに化かされたのだ、というのがオチであり、子どものころ、祖母に聞かされた話です。こんな昔話を持ち出したのは、今もこれに似たことが、この国では横行していると思われるからです。

二〇一六年三月には「国際平和支援法」と「平和安全法制整備法」を柱にして、安全保障関連法が施行されました。なんとも響きのよい法律で、安倍晋三首相や自民党と公明党の政権与党は、国際平和や国民の安全を目的にしていると強調しています。この法律で、日本国民は安心できる――と思っていたら、お墓から、お婆さんの声が聞こえてきたのです。

「タヌキに化かされるんじゃないよ！」

そういうことか、おお、そうだったのか――。

あの法律からは、アメリカが戦争を強行するとき、お手伝いに自衛隊を使おう、という魂胆が透けて見えるではありませんか。「自衛隊」を「他衛隊」にする、そのための「戦争法」といえるのではないでしょうか。よくよく考えて、このことがわかったのです。

お婆さん、ご安心ください。あんなタヌキには化かされませんからね。


（二〇一六年の平和学習会で配布した資料を手直しのうえ再掲）

「備え」あれば「憂い」あり――歴史に学ぼう　岩井忠熊

明治維新から対米英に宣戦するまでの七十三年間に、天皇の大命による海外出兵だけで十五回もあります。だいたい五年弱に一回の海外出兵なので、驚くべき回数だと指摘せねばなりません。こうしてみると、中国や韓国をはじめ東アジアの国々の人々が、日本の「歴史認識」について何度となく問題提起しているのは、単なる言いがかりでないことは理解できるでしょう。

これだけ何度も海外に出兵しているので、当然のこととして膨大な軍事費を使っています。国家予算の総歳出のうち、少ない年でも二十パーセント台、たいがいは三十~四十パーセント台、多い年にはなんと五十五パーセントをこえる軍事費が支出されました。戦前の日本は国民の生活や福祉を犠牲にして、膨大な軍事費を支出し続けた、まぎれもない軍事優先の国家だったのです。政治から社会そして文化を含めて、日本はアジアの軍国主義国家でした。

私はそのような日本軍国主義の時代に、中国の占領地・大連で育ちました。振り返れば小学校の頃から、数知れぬ「慰問袋」をつくり、提灯行列には何度も動員され、「皇軍将兵」の歓迎や歓送の行事にも参加させられたのです。父が退役軍人だったこともあり、大連の私の家に戦場に向かう陸軍の連隊が泊まったことは、一度だけではありません。

このような育ち方をした私たちの世代にとって戦争は、いわば「所与の現実」であり、それに対していかに対処するかなどほとんど意識にのぼらなかったし、あらためて疑ってみるような認識の対象になりえなかったのです。

率直にいって私は、時勢に押し流されて生きていました。若者らしい知的好奇心は持っていたと思いますが、いくら勉強してもまったく勉強しなくても、結局は同じ運命、つまり戦争への動員がまっているのを知っていました。そのような運命に、今さら不審などいだかず、学徒出陣が命じられたときも、くるべきものがきたと、一種の諦観にちかい気持ちで受けとめたのです。

私は特攻隊から生還しましたが、戦死者の多くが生還願望と決死の覚悟の間に揺れながら、やがて諦念をもって死んでいったはずです。無念の一語に尽きるのではないでしょうか。そう思いやることが、私のできるただ一つの追悼であり、死者たちの無念を忘れてはならない、と自分に言い聞かせて生きてきました。

私の所属した特攻隊は進発に至りませんでした。直接、人を殺傷することをしないですみましたが、客観的にいえば中国をはじめアジアの人たち、そして米軍人の殺戮に加担していたと認めざるを得ません。この事実を直視しなければ、戦死者への「慰霊」は、日本軍から殺された側の人たちからの抗議を免れないでしょう。

私は毎年、水没遭難した一九四五年三月二十三日になると、いつも複雑な心境になります。私が艇隊長として所属した第三九震洋特攻隊は石垣島に向かう途中に米軍の魚雷を受けて沈没し、隊員百八十七人のうち百四十二人が戦没し、私はわずかな生還者の一人なのです。また、この遭難がなければ私は沖縄戦に特攻出撃して、まぎれもなく戦死していました。あらためて思うに、生死をわけたのは紙一重の運です。

三月二十三日に死んだ隊員たちは、一人ひとりが人間くさい人格であり、長所もあれば欠点もある、そのような一人の人間として私は思い浮かべます。「英霊」などという言葉で飾りたくはありません。亡き隊員たちに、国のために死ねて満足だったという感情があったとは、私には思いもつかないことです。しいて言えば「無念」の一語に尽きるのでないでしょうか。

さて、戦争はひとたび始まってしまうと、もはや歯止めがききません。日本は特攻隊をつくり、アメリカは核兵器を使いました。私たちは子どもの頃から「備えあれば憂いなし」と聞かされています。軍事費の支出が示すように、強大な軍事力とそれを自由に使いこなせる軍国主義の体制は、とにかく武装による「備え」を重要視しました。しかし、この強固な「備え」こそが「憂い」をつくりだす根元でもあったのです。

敗れて目覚める、そのためにも日本の新生にさきがけて散る——。このことを覚悟していたのが多くの特攻隊員であったのはまぎれもありません。彼らの遺志は、日本国憲法に、なかんずくその第九条に具現された、と私は信じています。この平和憲法は近代世界史のなかで、国家という怪物の歯止めとしての役割を果たしてきました。

ところが、二〇一六年三月に安全保障関連法が施行されてから、自衛隊の任務やアメリカ軍への支援が拡大されました。いわゆる「有事法制」などというものは、「備え」なるものの活動を前提にしています。ここで世界に目を向けると、列強の間でまたぞろ軍拡の動きがでているることに、戦争の世を知っている私は憂慮してやみません。

日本国憲法の第九条は、「戦争の放棄」と「戦力の不保持」を定めているのに、そのことを無視して「備えあれば憂いなし」と放言するのであれば、歴史に学んでいないばかりか、私には憲法と歴史を冒瀆しているとしか思えません。だから若い人たちには、私の体験を踏まえて、強く言っておきたいのです。

抑止力を名目にした強大な「備え」（軍備増強）こそが、戦争の根元になるのです。「備え」あれば「憂い」ありと、歴史は教えています。すなわち歴史は、単なる過去の出来事ではなく、未来への指針つまり手引きでもあるのです。だから若い人たちこそ歴史に学んで、新しい未来をつくっていかねばならないのです。

皆さん、歴史から未来への行動を学びとってください。

大学は真実を語る場であってほしい

私は長年にわたって、日本近代史という分野の学問をしてきました。私の研究への関心のひとつに、戦争勢力の発展を結局防ぐことができなかったのはなぜか、という問題があります。

たとえば、日本の陸軍が文字通り政治のヘゲモニーを握った画期として一九三六年（昭和十一年）の二月二十六日、いわゆる二・二六事件があるわけですね。

東京の真ん中で、陸軍の麻布三連隊が中心になって蜂起して、元首相で当時の内大臣だった斎藤實と、大蔵大臣の高橋是清をはじめとする政治家や一部の軍人を殺しました。そうして戦争にむかっていく時に、国民大衆はどうしたか、実は動きがないのです。いや、反乱兵士たちをむしろ同情的に見た側面があります。それも世の中のかなりの人たちです。また二・二六事件の前年つまり一九三五年の前半に、反体制運動のほとんどが息の根を止められていることも見逃せません。

だから反対勢力は、どうして成功しなかったかという問題に、私は結論が出せていないのです。かろうじて、『十五年戦争期の京大学生運動――戦争とファシズムに抵抗した青春――』（二〇一四年、文理閣）という本で、この問題に少し接近したとは言えますが、京都大学の学生運動は成功したといっても小さなものです。全国的に見たら決して成功していません。結局、我々は、私がそうだったように、国家社会の有力な主張に振り回されていった、というのが本当のところではないでしょうか。

そう考えると大学の存在って、やっぱり大きいと思うのです。当時であっても、大学を見渡すと、あちらこちらに理性を失わなかった人が、まだしもいたことは否定できません。私が個人的にお世話になったある先輩、動物学者は、非常に戦争に反対で、日本軍が負けたというニュースが入ると、同じ考えの動物学者と二人で乾杯していました。日本軍が負けたというニュースのたびに乾杯していた人間なんていうのはどこにいたのかっていうと、大学にいたのですね。

大学の中でその人たちは講師であって、教授ではありませんでした。二人とも非常にお金持ちで、給料をもらわなくても暮らしていけるだけの財力があったのです。だから、そういうこともできたのかなあ、という結論になるのですが、とにもかくにも、そんな人が大学にはいました。一方で周辺の人たちは、「あいつはしゃあないやつやなあ」と口にしても、彼らをとがめなかったのです。

現代は大っぴらに語れる時代です。一方で人文科学を軽視あるいは敵視して、工学とか医学などいわゆる実学を推進していくような風潮がみられます。財界や政府筋から漏れてくる意見ですが、今新たな段階に達しようとしていることの表れだと、私は思うのです。

そういう時代の兆しがあるので、非常に重要なことは、せめて大学だけは真実を語る場であってほしい、理性の府であってほしいのです。真実を語る、理性の府がなくなったら何を頼りにして、国家社会に振り回されない人間になることができるでしょうか。そのように痛感するのは、私自身の反省からきています。私は、大学への期待を捨てることはできません。

歴史は消すことのできないものであって、だから語らなきゃいけない。かつて「南京陥落万歳」と声をあげて旗行列に参加した、そういう世代の一人である私ですので、今日もしゃべりに参上したわけでございます。
そこで締め括りたいと思いますが、若い世代の皆さんは、日本の国民がどういう課題に直面しているかということを、自覚的にとらえる必要があります。それぞれの人が、それぞれの形で問題を見出していくべきですね。ただし、自分たちの小さな世界だけで生きていくのではなくて、いつでも大きな世界を見ていく、目指していく、このことは忘れないでください。

（岩井忠熊さんの講演録『戦争と大学——日本史研究者の反省——』愛知県立大学日本文化学部論集　第十一号　二〇二〇年三月に所収）

おわりに

岩井忠正さんと岩井忠熊さんに海軍特攻隊の体験をうかがった今、私の脳裡には鮮烈な映像が刻まれている。棒機雷を手にし、潜水服に身を包んで、海中に潜んでいるのは、若かりし頃の岩井忠正さんだった。ベニヤ板製の高速モーターボートを駆って、大海原を疾走するのは二歳下の弟、岩井忠熊さんである。ボートの先端には、約二百五十キロの炸薬を搭載していた。

お二人は慶應大と京都大の学生でありながら、時の政権と軍部により兵役に服させられた。忠正さんは人間魚雷「回天」と人間機雷「伏龍」の二つの特攻部隊に所属し、忠熊さんの配属先は「震洋」艇による水上特攻部隊だった。人間を兵器にして、体当たり攻撃に出る特攻隊から生還できたのは、忠熊さんが話されたように、軍隊の生死は紙一重の「運」といえた。

私は当初、なぜ特攻隊に入ったのか、なぜ拒否しなかったのか、という素朴な疑問をいだいていた。ところが当時の日本列島は、「ノー」といえない強圧的な「空気」に満ちていたのである。国家の有り様や軍事政策などについて、学生はもとより国民が批判の口火を切ることを許さない「空気」であった。そのことを知って、私は愕然とさせられた。

もし、この時代に生まれていたら、軍隊に召し上げられて、特攻隊に入るという、岩井さんご兄弟と同じ経過を、私はたどったに相違ない。なぜなら抗うことができないため、「所与の現実」（忠熊さん）をわが運命として、時流に身を任せるしか術がなかったからだ。

なんとも酷い人の世があったものだと思うが、戦争を続けていた日本の現実だった。お二人が戦争と特攻隊の体験を語り続けているのは、新世代の若者たちを同じような目に遭わせたくないとの一念からであり、私は首肯させられた。

実体験を踏まえて、忠正さんは「沈黙」の「罪」を主唱される。「沈黙」しないで済めば、戦争にブレーキをかけられる「声」がひろがるにちがいない。自由にものが言える社会は、民主主義が機能しており、戦前とは異なる「空気」になるだろう。それゆえに私たちは、この平和な時代を逆行させてはならないのである。

また忠熊さんは、核兵器やミサイルをはじめとする「軍事的抑止力」の欺瞞を、〈「備え」あれば「憂い」あり〉と指摘された。忠熊さんに推奨していただいた一冊に、中江兆民（一八四七年～一九〇一年）著『三酔人経綸問答』（岩波文庫）がある。自由民権運動のリーダーだった兆民が、「軍拡と戦争」を論じているくだりを、現代語訳から紹介したい。

〈二つの国が戦争を始めるのは、どちらも戦争が好きだからではなくて、じつは戦争をおそれているために、そうなるのです。こちらが相手を恐れ、あわてて軍備をととのえる。すると相手もまたこちらを恐れて、あわてて軍備をととのえる。双方のノイローゼは、月日とともに激しくなり、そこへまた新聞というものまであって、各国の実情とデマとを無差別にならべて報道する。はなはだしいばあいには、自分じしんノイローゼ的な文章をかき、なにか異常な色をつけて世間に広めてしまう。そうなると、おたがい恐れあっている二国の神経は、いよいよ錯乱してきて、先んずれば人を制す、いっそこちらから口火をきるにしかず、と思うようになる。そうなると、戦争を恐れるこの二国の気持ちは、急激に頂点に達し、おのずと開戦になってしまうのです。今も昔も、どこの国も、これが交戦の実情です〉

軍拡は戦争を恐れるあまりの産物で、指導者が互いに「ノイローゼ状態」になると、先手必勝の考えに至る。そうなれば自ずと戦端が開かれると、兆民は説いている。「備え」あれば「憂い」あり――にほかならない。

また、お二人は日本国憲法の価値を強調された。戦争の放棄をうたっている第九条は、国民益といえるだろう。軍隊と特攻隊の体験をうかがったことでもあり、若い人たちは兵役義務を定めていない平和憲法にもっと注目すべきだと思う。ジャーナリストのむのたけじさん(一九一五年～二〇一六年)に生前インタビューしたとき、次のように話された。

〈米軍は自衛隊を自軍に取り込みたいから、憲法を変えてもらいたいにきまっている。それだけに日本は今こそ九条をアメリカに示すべきです。九条は勝てるものと敗れたものとが期せず

して同じことを願ったはずではないか、人類の目覚めだったのではないかとね〉

(『毎日新聞』大阪本社発行の二〇〇七年九月三日付夕刊)

むのさんは、朝日新聞の従軍記者として中国や東南アジアの戦場で取材されたが、自らに戦争責任を突きつけて朝日新聞を退職する。戦後は郷里の秋田県で、ミニコミ紙の発行を続けた。むのさんの指摘は、忠正さんの寄稿「『タヌキ』には化かされまい」と、忠熊さんが危惧される「備え」の本質に通底している。

岩井忠正さんと岩井忠熊さんにお話をうかがい、ジャーナリストの究極の仕事は、戦争と戦争に通じる動きに反対することだ、とあらためて肝に銘じた。戦争はつまるところ「人間が人間を殺害する行為」であり、そこには「人間の命」を軽視した「戦争思想」がある。

アジア太平洋戦争で日本は、兵士に爆弾を抱いて体当たりさせる「特攻」を強行し、国民には「一億玉砕」を求めた。一方でアメリカは、大量破壊兵器の原子爆弾を二度までも落としたのだった。

そして戦後七十五年を迎えた世界は、新型コロナウイルス感染症との過酷な闘いを強いられている。日本やアメリカは初期対応が遅かった、だから後手の対策に追われた、と批判されたのは周知の通りである。そういえばトランプ米大統領は「戦時の大統領」を名乗っている。安倍晋三首相はジャーナリストの田原総一朗氏と面会した折に、〈ウイルス拡大こそ第3次世界大戦〉（『読売新聞』四月十六日付朝刊）との認識を述べたという。

ウイルスは敵国ではないし、もちろん敵国の国民でもない。だが二人のリーダーは、あえて「戦争」を持ち出した。その意図するところは「今は戦時だから、命令に従え」との思惑が秘められているようでならない。抑止力の名のもとに武力による安全保障を優先させてきたアメリカと、その「核の傘」の下にある日本は、「人類の安全保障」を置き去りにして、人命の重さを軽くみてきたのではないか――。二人のリーダーの発言から、私はそう思うのである。

新型コロナウイルスは、「戦争思想」を排除せよと人類に迫っている。

この感染症に打ち克つには、「人間の命は人間が守る」という「人命思想」が必須である。それは「気候危機」にも通じていよう。人類はもはや「待ったなし」で、「人命思想」にもとづく国境を超えた協調と協力体制を構築しなければならない。

ジャーナリスト冥利に尽きるインタビューに応じていただいた岩井忠正様と忠熊様には、心より深謝申し上げます。また岩井直子様（忠正さんの長女）には、資料のご提供など多大なお世話になりました。あらためて御礼を申し上げます。

本書は毎日新聞大阪本社発行の朝刊企画「平和をたずねて」の一環として連載した「昭和の戦争を語る」（二〇一八年十一月〜二〇二〇年三月）をもとに、大幅に改稿したうえで加筆した。岩井様ご兄弟には「若き君たちへの伝言」を寄せてもらいました。

本書を編むにあたり、毎日新聞出版の永上敬さんから「この時代だから、世に問う価値があります」と叱咤激励され、貴重なアドバイスをいただいた。ここに、心より感謝申し上げます。

また新聞連載時は、毎日新聞の同人に何かと協力していただきました。皆さん、ありがとうございました。

広岩近広

二〇二〇年夏

主な引用文献

本書は岩井忠正様と岩井忠熊様への度重なるインタビューのほかに「不戦大学講演録」（季刊『不戦』二〇二〇年春季号、不戦兵士・市民の会編）などの講演録、お二人の共著『特攻 自殺兵器となった学徒兵兄弟の証言』（新日本出版社、二〇〇二年）と岩井忠正様の証言「戦争は始まってしまった。始まってしまった以上は仕方がない。とことんまでやるほかに途はなかった」（みんなの戦争証言アーカイブス編『みんなの戦争証言』双葉社に所収、二〇一五年）、そして岩井忠熊様の愛知県立大学日本文化学部公開講演会（講演録『戦争と大学―日本史研究者の反省―』＝愛知県立大学日本文化学部論集　第十一号　二〇二〇年三月に所収）や次のご著書から引用・参照させていただきました。

『日本近代思想の成立』創元社、一九五九

『明治国家主義思想史研究』青木書店、一九七二

「戦火のなかの青春」（安田武編『ドキュメント太平洋戦争2　〈一億一心〉かけ声のもとに』汐文社に所収）、一九七五

『天皇制と日本文化論』文理閣、一九八七

『天皇制と歴史学』かもがわ出版、一九九〇

『学徒出陣―〝わだつみ世代〟の伝言』かもがわ出版、一九九三

『明治天皇―「大帝」伝説』三省堂、一九九七

『大陸侵略は避け難い道だったのか―近代日本の選択』かもがわ出版、一九九七
『近代天皇制のイデオロギー』新日本出版社、一九九八
『西園寺公望―最後の元老』岩波新書、二〇〇三
『戦争をはさんだ年輪―一歴史研究者のあゆみ』部落問題研究所、二〇〇三
『陸軍・秘密情報機関の男』新日本出版社、二〇〇五
『「靖国」と日本の戦争』新日本出版社、二〇〇八
『象徴でなかった天皇』（広岩近広と共著）藤原書店、二〇一九

その他

毎日新聞社編『昭和史全記録』毎日新聞社、一九八九
竹内道雄「出陣」（東大十八史会編『学徒出陣の記録』中公新書に所収）、一九六八
奥村芳太郎「帝国陸軍の学園侵略――『配属将校』覚え書き」（白井厚編『大学とアジア太平洋戦争　戦争史研究と体験の歴史化』日本経済評論社）、一九九六
色川大吉「汚辱の〝学徒出陣〟」（前掲『学徒出陣の記録』に所収）
毎日新聞社編『毎日の3世紀　上巻』毎日新聞社、二〇〇二
岩井忠直「岩井（忠直）憲兵中佐談」（田崎治久編『続・日本之憲兵《明治百年史叢書》』一九一三年発行した原本を復刻・原書房に所収）、一九七一
松下芳男『山紫に水清き　仙台陸軍幼年学校史』仙幼会、一九七三
岩井勘六「満洲事変と在満会員」（藤原彰・功刀俊洋編『資料日本現代史8　満洲事変と国民動員』大月書店に所収）、一九八三

江口圭一『昭和の歴史4　十五年戦争の開幕』小学館文庫、一九八八
レマルク著／秦豊吉訳『西部戦線異状なし』新潮文庫、一九五五
広岩近広『戦争を背負わされて　10代だった9人の証言』岩波書店、二〇一五
家永三郎『太平洋戦争』岩波現代文庫、二〇〇二
尾藤正英「懐疑と彷徨」（前掲『学徒出陣の記録』に所収）
岡田英雄『学徒出陣　一航海士の手記』中日出版社（非売品）、一九九〇
日本戦没学生記念会編『新版 きけ わだつみのこえ』岩波文庫、一九九五
吉田裕『日本軍兵士――アジア・太平洋戦争の現実』中公新書、二〇一七
広岩近広編『わたしの〈平和と戦争〉永遠平和のためのメッセージ』集英社、二〇一六
城山三郎『一歩の距離　小説予科練』角川文庫、二〇〇一
毎日新聞社編『別冊一億人の昭和史　日本海軍史』毎日新聞社、一九七九
蝦名賢造『海軍予備学生』中公文庫、一九九九
山口県周南市回天記念館開館50周年記念誌『回天記念館と人間魚雷「回天」』、二〇一九
江崎誠致「真珠湾の九軍神」（『ルソンの挽歌』光人社NF文庫に所収）、一九九六
神津直次『人間魚雷回天』朝日ソノラマ、一九九五
田英夫『特攻隊と憲法九条』リヨン社、二〇〇七
島尾敏雄・吉田満『新編　特攻体験と戦後』中公文庫、二〇一四
山本七平『「空気」の研究』文春文庫、一九八三
近現代史編纂会編『図解　特攻のすべて』山川出版社、二〇一三
森山康平著／太平洋戦争研究会編『特攻』河出文庫、二〇〇七

豊田穣『海軍特別攻撃隊』集英社文庫、一九八〇
神立尚紀『特攻の真意　大西瀧治郎はなぜ「特攻」を命じたのか』文春文庫、二〇一四
城山三郎『指揮官たちの特攻―幸福は花びらのごとく』新潮文庫、二〇〇四
保阪正康『「特攻」と日本人』講談社現代新書、二〇〇五
御田重宝『特攻』講談社文庫、一九九一
和田稔『わだつみのこえ消えることなく』筑摩書房、一九六七
小島光造『回天特攻　人間魚雷の徹底研究』光人社NF文庫、二〇〇六
木俣滋郎『日本特攻艇戦史　震洋・四式肉薄攻撃艇の開発と戦歴』光人社、一九九八
毎日新聞社編『別冊一億人の昭和史　特別攻撃隊』毎日新聞社、一九七九
門奈鷹一郎『海軍伏龍特攻隊』光人社NF文庫、一九九九
森本忠夫『特攻　外道の統率と人間の条件』光人社NF文庫、一九九八
山田朗『日本の戦争Ⅱ　暴走の本質』新日本出版社、二〇一八
中江兆民著／桑原武夫・島田虔次訳・校注『三酔人経綸問答』岩波文庫、一九六五
　このほかに文部科学省のホームページ「戦時教育体制の進行」（学制百年史編集委員会）、山口県周南市回天記念館のホームページ、そして『毎日新聞』（大阪本社発行の一九四三年九月二十三日付朝刊、二〇〇七年九月三日付夕刊、二〇一九年五月十三日付朝刊）、『山口新聞』（二〇一一年八月二十六日付朝刊）と『読売新聞』（二〇二〇年四月十六日付朝刊）から引用させていただきました。

広岩近広（ひろいわ・ちかひろ）
1950年大分県生まれ。
電気通信大学電波通信学科卒業後、
毎日新聞社に入社。
社会部やサンデー毎日で主に事件を取材、
平和担当の専門編集委員を経て
現在、客員編集委員。

岩井忠正（いわい・ただまさ）
1920年熊本市生まれ。
慶應義塾大学文学部哲学科から学徒出陣、海軍特攻隊で終戦を迎える。
商社員を経て、翻訳業。

岩井忠熊（いわい・ただくま）
1922年熊本市生まれ。
京都大学文学部史学科から学徒出陣、海軍特攻隊を経て、終戦後に復学。
立命館大学教授、副学長を歴任し現在、名誉教授。

装幀　岡　孝治

カバー写真　O.D.O.
D-VISIONS/Shutterstock.com

特攻《とっこう》と日本軍兵士《にほんぐんへいし》

大学生《だいがくせい》から「特殊兵器《とくしゅへいき》」搭乗員《とうじょういん》になった
兄弟《きょうだい》の証言《しょうげん》と伝言《でんごん》

印刷　二〇二〇年七月二五日
発行　二〇二〇年八月一〇日
著者　広岩近広《ひろいわちかひろ》
岩井忠正《いわいただまさ》　岩井忠熊《いわいただくま》
発行人　小島明日奈
発行所　毎日新聞出版
〒一〇二-〇〇七四
東京都千代田区九段南一-六-一七　千代田会館五階
営業本部　〇三（六二六五）六九四一
図書第一編集部　〇三（六二六五）六七四五
印刷　精文堂印刷
製本　大口製本

ISBN978-4-620-32642-9